Anne Hébert est née à Sainte-Catherine de Fossambault, près de Québec, où elle a fait ses études. Après deux recueils de poèmes et un recueil de nouvelles, *Le Torrent*, elle publie en 1958 *Les Chambres de Bois*, roman chaleureusement accueilli par la critique et qui lui valut le prix France-Canada. Son roman *Kamouraska* a obtenu le prix des Libraires en 1971, *Les Fous de Bassan* le prix Femina en 1982, *L'Enfant chargé de Songes* le prix du Gouverneur Général en 1992. Après de longues années passées en France, Anne Hébert est retournée vivre au Québec. Elle s'y est éteinte en janvier 2000.

Anne Hébert

LES FOUS
DE BASSAN

ROMAN

Éditions du Seuil

TEXTE INTÉGRAL

ISBN 978-2-02-033648-2

(ISBN 2-02-006243-7, édition brochée ;
ISBN 2-02-006393-X, édition reliée ;
ISBN 2-02-006744-7, 1re publication poche)

© Éditions du Seuil, septembre 1982

Avis au lecteur

Tous mes souvenirs de rive sud et de rive nord du Saint-Laurent, ceux du golfe et des îles ont été fondus et livrés à l'imaginaire, pour ne faire qu'une seule terre, appelée Griffin Creek, située entre cap Sec et cap Sauvagine. Espace romanesque où se déroule une histoire sans aucun rapport avec aucun fait réel ayant pu survenir, entre Québec et l'océan Atlantique.

LE LIVRE DU RÉVÉREND NICOLAS JONES

automne 1982

Vous êtes le sel de la terre.
Si le sel s'affadit, avec quoi le salera-t-on ?
Saint Paul

La barre étale de la mer, blanche, à perte de vue, sur le ciel gris, la masse noire des arbres, en ligne parallèle derrière nous.

Au loin une rumeur de fête, du côté du nouveau village. En étirant le cou on pourrait voir leurs bicoques peinturlurées en rouge, vert, jaune, bleu, comme si c'était un plaisir de barbouiller des maisons et d'afficher des couleurs voyantes. Ces gens-là sont des parvenus. Inutile de tourner la tête dans leur direction. Je sais qu'ils sont là.

Leur fanfare se mêle au vent. M'atteint par rafales. Me perce le tympan. M'emplit les yeux de lueurs fauves stridentes. Ils ont racheté nos terres à mesure qu'elles tombaient en déshérence. Des papistes. Voici qu'aujourd'hui, à grand renfort de cuivre et de majorettes, ils osent célébrer le bicentenaire du pays, comme si c'étaient eux les fondateurs, les bâtisseurs, les premiers dans la forêt, les premiers sur la mer, les premiers ouvrant la terre vierge sous le soc.

Il a suffi d'un seul été pour que se disperse le peuple élu de Griffin Creek. Quelques survivants persistent encore, traînent leurs pieds de l'église à la maison, de la maison aux

13

bâtiments. De robustes générations de loyalistes prolifiques devaient aboutir, finir et se dissoudre dans le néant avec quelques vieux rejetons sans postérité. Nos maisons se délabrent sur pied et moi, Nicolas Jones, pasteur sans troupeau, je m'étiole dans ce presbytère aux colonnes grises vermoulues.

Au commencement il n'y eut que cette terre de taïga, au bord de la mer, entre cap Sec et cap Sauvagine. Toutes les bêtes à fourrure et à plumes, à chair brune ou blanche, les oiseaux de mer et les poissons dans l'eau s'y multipliaient à l'infini.

Et l'esprit de Dieu planait au-dessus des eaux.

Jetés sur la route, depuis la Nouvelle-Angleterre, hommes, femmes et enfants, fidèles à un roi fou, refusant l'indépendance américaine, ont reçu du gouvernement canadien concession de la terre et droit de chasse et de pêche. Les Jones, les Brown, les Atkins, les Macdonald. On peut lire leurs noms sur les pierres tombales du petit cimetière dominant la mer.

Moi Nicolas Jones, fils de Peter Jones et de Felicity Brown, confronté, durant de trop longs jours et de trop longues nuits, à la ruine de Griffin Creek, j'ai eu l'idée de construire une annexe au presbytère et d'y installer une galerie des ancêtres, afin d'affirmer la pérennité de mon sang. Vingt pieds sur quinze de bois, bien enchevauchés,

14

telle une boîte carrée, couleur de copeaux frais. J'ai envoyé les deux jumelles, filles de John et de Bea Brown, au nouveau village acheter des couleurs et des pinceaux. Je me suis bien regardé dans la glace, en tant que résidu d'une tribu en voie de disparition et à partir de mon visage, peu rassurant, je suis remonté à la source, jusqu'en 1782.

Massif sur des jambes courtes, j'ai la mâchoire carrée, la tête grosse, autrefois rousse, maintenant envahie par des poils blancs. Sur l'occiput une plaque plus claire de neige jaune. Les traits ravagés. Cet homme foudroyé, il y a déjà longtemps, continue de vivre comme si de rien n'était.

J'engendre mon père à mon image et à ma ressemblance qui, lui, engendre mon grand-père à son image et à sa ressemblance et ainsi de suite jusqu'à la première image et première ressemblance, compte à rebours des Jones venus à Griffin Creek en 1782. Moi qui n'ai pas eu de fils j'engendre mes pères jusqu'à la dixième génération. Moi qui suis sans descendance j'ai plaisir à remettre au monde mes ascendants jusqu'à la face première originelle de Henry Jones, né à Montpelier, Vermont.

Je peins sur des planches de beaver board enduites au préalable de shellac incolore. En habit noir et linge blanc, mes ancêtres surgissent, pareils à de plates figures de cartes à jouer. Identiques, interchangeables, passant du roux au blond, virant au châtain, les voici suspendus au mur de la galerie des portraits. Yeux ronds, nez de travers, naïfs et terribles. Mains mal équarries. Si l'on passe un peu

15

rapidement devant eux, on a l'impression d'être suivi, de planche en planche, par le même regard en vrille.

Pour ce qui est des femmes j'ai décidé d'avoir recours aux jumelles. Que les filles accouchent des mères jusqu'en 1782, alors que la première créature enjuponnée posait l'empreinte de son pied léger sur la grève de Griffin Creek. Livrées aux couleurs et aux pinceaux, enfermées, toute une journée, dans la galerie des ancêtres, les jumelles ont barbouillé sur les murs des flots de dentelle, des volants, des carreaux, des pois, des rayures multicolores, des fleurs, des feuilles, des oiseaux roux, des poissons bleus, des algues pourpres. Quelques têtes de femmes émergent là-dedans, chapeautées, tuyautées, enrubannées, borgnes parfois, ou sans nez ni bouche, plus vivantes qu'aucune créature de songe hantant Griffin Creek, depuis la nuit des temps.

Bousculant toute chronologie, s'inventant des grand-mères et des sœurs à foison, les jumelles découvrent le plaisir de peindre. Eclaboussées de couleurs de la tête aux pieds, elles s'extasient devant leurs œuvres. Prennent un malin plaisir, malgré ma défense, à faire surgir sur le mur, à plusieurs reprises, les petites Atkins et Irène, ma femme. Trois têtes de femmes flottent sur un fond glauque, tapissé d'herbes marines, de filets de pêche, de cordes et de pierres. Trois prénoms de femmes, en lettres noires, sont jetés de-ci de-là, au bas des tableaux, en haut, à droite, à gauche, ou en travers, se mêlent aux herbes folles, s'inscrivent sur un front blême ou se gravent, comme une balafre, sur une joue ronde. Nora, Olivia, Irène, en lettres moulées, brillantes, se répètent, dansent devant mes yeux, à mesure que j'avance dans la pièce. Pour ce qui est de la guirlande d'un noir de charbon, patiemment travaillée et déroulée,

16

tout le long de la plinthe, il suffit de se baisser et d'être attentif pour reconnaître des chiffres, toujours les mêmes, liés les uns aux autres, en un seul graffiti interminable : 193619361936193619361936. Plus bas, en caractères plus petits, une seconde ligne, aussi régulière et obstinée, tout d'abord indéchiffrable :

étéétéétéétéétéétéétéétéétéétéétéétéétéétéétééété.

Tout un mur gâché. L'idée même de galerie sabotée, saccagée. Il ne fallait pas permettre aux jumelles de lâcher leur imagination dans la galerie des ancêtres. Ces filles sont folles. Non complètement idiotes comme leur frère Perceval, ni maléfiques comme leur autre frère Stevens, mais folles tout de même. Niaiseuses de manières. Avec dans la tête toute une imagerie démente qui se dévergonde sur mes murs. Ces filles sont hantées. Ont de qui tenir. Je les ai prises à mon service, il y a longtemps, le corps encore incertain et l'âme floue, avec des tresses blondes et des rires étouffés. Les ai maintenues, corps et âme, dans cet état malléable, sans tenir compte du temps qui passe. Le temps leur glisse dessus comme l'eau sur le dos d'un canard. Sans jamais avoir été femmes, les voici qui subissent leur retour d'âge, avec le même air étonné que leurs premières règles. Pas une once de graisse, ni seins, ni hanches, fins squelettes d'oiseaux. Je leur ai appris à vivre de façon frugale, dans la crainte de me déplaire. J'aime les voir trembler quand je les réprimande, dans la cuisine, pleine de buée et de l'odeur persistante du linge bouilli. Ici tout se lave et se savonne quotidiennement, comme s'il s'agissait d'effacer une tache sans cesse renaissante.

Le péché est tapi à la porte, son élan est vers toi, mais toi domine-le.

17

J'ai fermé la galerie des ancêtres, interdit aux jumelles d'y retourner. Leurs petites figures fripées, leur air buté. Elles baissent la tête, les yeux pleins de larmes. Supplient qu'on leur laisse les pots de gouache et les pinceaux. Depuis le temps que *je dis à l'une va et elle va, et à l'autre viens et elle vient,* je m'étonne de leur soudaine protestation.

C'est l'automne. Chaque fois qu'on ouvre la porte, l'odeur des feuilles croupies entre dans la cuisine avec des paquets d'obscurité froide. Les lumières du nouveau village brillent dans la nuit, serrées les unes contre les autres. On entend de la musique à travers les arbres mouillés.

Les maigres tresses des jumelles, enroulées autour de leur tête. Impossible de savoir si des cheveux blancs se mêlent aux blonds. Ont toujours eu ce reflet argenté, presque lunaire. Je les appelle « mon ange » et « ma colombe », mais la plupart du temps je les mène avec une trique de fer. Sans jamais les toucher, rien qu'avec ma voix de basse caverneuse, je les retourne comme des feuilles légères dans le vent. Pour elles seules je débite mes plus beaux sermons. Tous les anges du ciel et les démons de l'enfer surgissent de la Bible, à mon appel, se pressent la nuit au chevet des jumelles endormies. Nourries de l'Ecriture, par les prophètes et les rois, les jumelles ont des rêves féroces et glorieux. Maître de leurs songes j'exerce un ministère dérisoire, de peu d'envergure, mais d'autorité absolue.

Et le Verbe s'est fait chair et Il a habité parmi nous.

Un jour j'ai été le Verbe de Griffin Creek, dépositaire du Verbe à Griffin Creek, moi-même Verbe au milieu des fidèles, muets par force, frustes par nature, assemblés dans la petite église de bois.

Rompues à l'obéissance par leurs parents, dès leur plus jeune âge, elles me servent, depuis bientôt quarante-six ans. Leurs père et mère ayant désiré très tôt les perdre en forêt n'ont pas fait de manières pour me les céder, à l'âge de treize ans.

Eté193619361936 ont-elles griffonné en chiffres précis et réguliers, tout le long de la plinthe, dans la galerie des ancêtres.

Mes petites servantes se complaisent en elles-mêmes comme deux miroirs parfaits. Dès que j'ai le dos tourné, les jumelles retrouvent leurs secrets de jumelles, des rires étouffés, des gloussements, des caresses furtives. Dorment la nuit dans les bras l'une de l'autre.

— Suis Pam.

— Suis Pat.

Précisent-elles lorsque je leur demande laquelle est laquelle. Rient de ma confusion. Prennent plaisir à me tromper. Identiques, interchangeables, jusqu'à ce qu'une brûlure au poignet de Pat laisse sa marque. Depuis ce temps je n'ai plus qu'à vérifier la cicatrice nacrée au poignet de Pat, pour savoir à qui j'ai affaire. Rebutant ainsi toute velléité de tromperie de la part des jumelles, j'en ai profité pour renforcer mon autorité. Je les appelle par leur nom et elles m'obéissent.

J'ai habité parmi eux et j'étais l'un d'eux, les Jones, les Brown, les Atkins et les Macdonald. N'empêche que dans la galerie des ancêtres il manque un maillon à la chaîne des hommes. Après moi le gouffre abrupt. Le vide. Rien. Le fils que je n'ai pas eu, comment imaginer son visage, la largeur de ses épaules, la force de ses mains, son âme torturée par l'étrangeté du monde.

Des bruits de vaisselle sans fin. Les verres qui s'entrechoquent. Le cliquetis des couverts sur l'évier. Il faudrait empêcher les jumelles de faire tant de vacarme. Encore une fois trop de savon dans le bac. S'enfoncent les bras jusqu'aux coudes dans la mousse savonneuse. Pour rire. Les envoyer se coucher tout de suite. Mais avant leur demander de préparer mes pipes pour la soirée. Je les aime bien culottées, bourrées d'avance, alignées sur la table, prêtes à être allumées, d'heure en heure, selon un rituel bien précis. Ainsi va la soirée du pasteur, ponctuée de pipes brûlantes et de lectures bibliques jusqu'à minuit. Malheur à celui qui serait sans liturgie aucune, plongé dans une solitude comparable à la mienne, dans une nuit aussi obscure.

Les voici qui raclent le fond de l'évier avec de l'Old Dutch. N'en finissent plus de faire du train. Des mèches pâles leur tombent sur le nez, dans la buée de l'eau chaude. Les envoyer se coucher au plus vite. Leurs bonsoirs, susurrés sur des dents extrêmement petites et pointues, me rappellent la bouche baveuse de leur frère Perceval, interné à Baie Saint-Paul. A pourtant mené grand chahut sur la grève de Griffin Creek durant tout un été. Savait tout. Ne pouvait que gueuler. Pas de mots pour dire ce qu'il savait. Comme un chien qui hurle à la mort. Un peu après le 31 août les parents l'ont fait enfermer. Ne supportaient plus d'entendre ses cris. John et Bea Brown ayant mis au monde Stevens, Perceval et les jumelles, s'en sont débarrassés, au cours d'un seul été. Réalisation d'un vieux rêve enfin justifié. Ne plus avoir d'enfant du tout. Se retrouver mari et femme comme avant. L'un en face de l'autre. Chiens de faïence pour l'éternité. Sans témoin.

La première pipe fait des volutes bleues, épaisses, jusqu'au plafond. Les yeux mi-clos j'aperçois les jumelles qui enlèvent leur tablier et l'accrochent à un clou, derrière la porte de la cuisine. Je ferme un œil. Les deux silhouettes maigrelettes passent devant mon œil ouvert. Pas assez intéressé pour chercher la cicatrice au poignet de... Aucune identification possible. Trop fatigué. Laisse passer. Ferme mon œil ouvert. Ouvre celui qui était fermé. Retrouve les mollets de coq des jumelles qui montent l'escalier, l'une derrière l'autre. La troisième et la sixième marche craquent comme d'habitude.

Je quitte avec peine la cuisine où roulent des nuages de tabac. La nuée se déplace avec moi, m'accompagne dans le parloir, me suit jusque sur mon fauteuil à haut dossier. Des petites chaises paillées, des livres sur des planches, un bureau qu'on ferme comme un demi-tonneau ventru. Les épîtres de Paul, le livre de Jean, là tout contre ma main, comme si on pouvait sentir le souffle des apôtres, rien qu'en posant la main sur les couvertures de cuir noir. Mes mains consacrées. Un jour... *Le Seigneur est mon berger.* Jusqu'à quand ? *That is the question.* Dehors le crissement des insectes se déchaîne dans la nuit, enveloppe la maison d'une couverture bruissante. Tandis qu'il se passe quelque chose d'étrange à l'intérieur de la pièce où je demeure rivé à mon fauteuil. On dirait que mon sang bat hors de moi, cogne dans les murs et les poutres du plafond. Rumeur sourde, martelée. Combien de temps vais-je pouvoir supporter cela ?

M'appuyer aux bras du fauteuil. M'y prendre à deux fois pour me relever. Cette faiblesse au creux des reins. Les leviers de commande n'obéissent plus. Craindre pour mes vieux os, perdus dans la masse de ma chair lourde. Me mettre debout. Percevoir à nouveau le bruit de mon cœur dans toute la pièce, tapissée de papier bleu qui s'effiloche. Appeler.

Je réveille les jumelles. Du pied de l'escalier, les mains en porte-voix, je hurle.

— Pat ! Pam !

Les yeux gonflés, les tresses dénouées, les vieilles petites filles frissonnent dans leur chemise de nuit. Je leur fais une scène au sujet d'un long cheveu blond, trouvé sur la table

22

de la cuisine. La colère me fait du bien. M'apaise tout à fait. Leur ordonne de remonter se coucher.

Le papier bleu du parloir est en loques, laisse voir, de place en place, la peau brune du bois, tachée de colle. Je retrouve le battement familier de mon cœur à mon poignet, sous la pression de mes doigts. Une des jumelles affirme que la maison est rongée par les termites et qu'un jour il faudra balayer murs et plafonds, réduits en bran de scie.

Les jumelles ont regagné leur lit. Bien calé à nouveau dans mon fauteuil. Le livre des épîtres et de l'Apocalypse à portée de la main. Le présent sur mon âme n'a plus guère de prise. Je suis un vieillard qui entend des voix, perçoit des formes et des couleurs disparues.

Etéétéétéété 193619361936 ont écrit les jumelles à la gouache noire, tout le long de la plinthe, dans la galerie des ancêtres.

En ce temps-là...
Ma femme Irène, née Macdonald, est stérile. En d'autres lieux, sous d'autres lois, je l'aurais déjà répudiée, au vu et au su de tous, comme une créature inutile.

Je vous le dis, frères, le temps se fait court. Dès lors, que ceux qui ont une femme soient comme s'ils n'en avaient pas.

Elle dort contre moi, dans le grand lit, pareille à un poisson mort, sa vie froide de poisson, son œil de poisson,

23

sous la paupière sans cils, son odeur poissonneuse lorsque je m'obstine à chercher, entre ses cuisses, l'enfant et le plaisir.

De grands oiseaux migrateurs, en formations serrées, passent au-dessus de Griffin Creek, projettent leur ombre noire sur le presbytère. J'entends des jappements lointains, toute une meute céleste qui s'éloigne dans la nuit.

Vais-je à nouveau mettre le nez dans mon péché ? Avouer que tout contre le corps endormi d'Irène, mon vêtement ecclésiastique à peine rangé sur une chaise, au pied du lit, je soupèse en secret le poids léger, la forme délicate des petites Atkins ?

Frères, que chacun demeure devant Dieu tel qu'il était lors de son appel.

Il ne fallait pas écrire cela il y a quatre siècles et laisser la parole adressée aux Corinthiens faire son chemin, à travers le temps et l'espace, jusqu'à moi, Nicolas Jones, fils de Peter Jones et de Felicity, née Brown, légitimes descendants de Henry Jones et de Maria Brown, tous deux échoués, un jour de juin 1782, sur la grève de Griffin Creek, fuyant la révolution américaine.

Je n'ai rien pu faire pour empêcher Dieu et je suis devenu ministre du culte comme celui qui voit Dieu devant soi et qui avance dans une nuée. La volonté de Dieu sur moi. Le désir de Dieu. La marque de l'agneau sur mon front. Le caractère ineffaçable. Je n'ai pas eu à choisir. J'ai été choisi. Désigné, appelé, entre tous ceux de Griffin Creek, pour accomplir l'œuvre du Seigneur.

Lorsque j'avais douze ans, j'ai confié le secret de ma vocation à ma mère, tout contre son oreille, bien dégagée par les cheveux tirés en arrière.

Elle m'embrasse pour la première fois. Son visage salé comme l'embrun. Une larme sur sa joue. Le long cou de ma mère. Son col baleiné. Son corsage noir piqué d'épingles où je n'ose appuyer ma tête d'enfant. La chaleur de sa vie là-dessous qui bat, qui bat comme un oiseau captif. Si je parvenais à ouvrir la cage ? Par quelle prière magique, quelle invention de l'amour fou pourrais-je délivrer le cœur de ma mère ? J'en rêve comme d'une mission impossible. Tombe en extase si la main de Felicity effleure ma main.

J'apprends les psaumes de David par cœur. Je les récite, debout sur un rocher dominant la mer. Je m'adresse à l'eau, désirant parler plus fort qu'elle, la convaincre de ma force et de ma puissance. L'amadouer tout à fait. La charmer au plus profond d'elle-même. Eprouver ma voix sur la mer. Un jour, je ferai des sermons et m'adresserai aux gens de Griffin Creek, réunis dans la petite église de bois. Pour le moment je jette les paroles de David par-dessus les flots. On dirait le vent qui brise la crête des vagues en plumes folles, éparpillées. Seul le cri des oiseaux aquatiques touche l'eau d'aussi près. Que celui qui a reçu fonction de la parole s'en serve à la surface des eaux, pousse sa clameur et psalmodie de façon intelligible et sonore dans le vent. Je te ferai pêcheur d'hommes, dit Dieu, la masse des fidèles sera devant toi et non plus seulement ce parterre d'eau écumante.

L'Esprit en moi se plaint d'une voix déchirante.

Dans toute cette histoire il faudrait tenir compte du vent, de la présence du vent, de sa voix lancinante dans nos oreilles, de son haleine salée sur nos lèvres. Pas un geste d'homme ou de femme, dans ce pays, qui ne soit accompagné par le vent. Cheveux, robes, chemises, pantalons claquent dans le vent sur des corps nus. Le souffle marin pénètre nos vêtements, découvre nos poitrines givrées de sel. Nos âmes poreuses sont traversées de part en part. Le vent a toujours soufflé trop fort ici et ce qui est arrivé n'a été possible qu'à cause du vent qui entête et rend fou.

Il faudrait calfeutrer les fenêtres, boucher les interstices entre les planches, fermer le parloir comme un poing, empêcher le vent à nouveau de... Je dirai à Pam et à Pat d'acheter de l'étoupe. Déjà je les entends dire que les fenêtres de cette maison sont moisies et que ça ne sert à rien de...

J'allume une troisième pipe. Le bout d'ambre dans la bouche comme si je tétais un sein trop dur. Depuis le temps que... Suis un vieil homme qui n'en peut plus de vivre. Dirai à Pat et à Pam de calfeutrer les fenêtres. Craindre les champignons. Quand ce n'est pas le vent, c'est la pluie, ou les deux ensemble. Le courant glacé se glisse entre mes épaules. Les rigoles sur le plancher, les cernes noirâtres sur les murs de la cuisine et des chambres. La corrosion du sel. La lente fermentation végétale. Un jour la maison tout entière s'écroulera avec un bruit mou de bois pourri.

26

Que ceux qui usent de ce monde soient comme s'ils n'en usaient pas, car la figure du monde passe.

La terre, le ciel et l'eau de Griffin Creek passeront comme un songe, mais moi, dit Dieu, je ne passerai point. En être sûr et mourir sous l'éclair de la Parole. Jamais pareille certitude ne me sera donnée, ni mort aussi violente et rapide. Je me désagrège à petit feu dans une demeure vermoulue, tandis que la forêt, derrière moi, se rapproche, de jour en jour, de nuit en nuit, plante ses pousses de bouleaux et de sapins jusque sous mes fenêtres. Si j'ose ouvrir dans la nuit et tente de surprendre le secret de ma fin en marche, je respire à pleins poumons l'odeur de la terre en gésine qui me prend à la gorge.

La quatrième pipe me brûle la langue et me pique les yeux. Perdu dans la fumée comme une seiche dans son encre, j'interroge mon âme et cherche la faute originelle de Griffin Creek. Non, ce n'est pas Stevens qui a manqué le premier, quoiqu'il soit le pire de nous tous, le dépositaire de toute la malfaisance secrète de Griffin Creek, amassée au cœur des hommes et des femmes depuis deux siècles.

Je revois les fidèles endimanchés, serrés les uns contre les autres, dans la petite église de bois, les femmes en robes claires, les hommes en habit noir macèrent dans leur odeur de tous les jours, légèrement musquée, sous la chaleur de juillet. Frustes et de parole rare et quotidienne, la poésie du Verbe leur entre par surprise dans le cœur. Maître des saintes Ecritures, je leur parle au nom de Dieu. Depuis quelque temps je choisis avec encore plus de soin les psaumes et les hymnes du dimanche en pensant aux petites Atkins. Leurs yeux de violette et d'outremer se lèvent vers moi pour ma damnation. Elles chantent et elles prient, s'approprient la parole des apôtres et des prophètes, leurs âmes enfantines mûrissent et se forment dans la splendeur de l'Ecriture. Je les prépare comme de jeunes fiancées, attentives au chant de l'amour en marche vers elles, dans la lumière de l'été. Je module. J'articule chaque son, chaque syllabe, je fais passer le souffle de la terre dans le Verbe de Dieu.

Tu m'as blessée, mon ami, avec un seul cheveu de ta nuque.

Le Cantique des cantiques saisit le cœur sage, silencieux d'Olivia Atkins, y débusque des mots qui n'auraient jamais dû sortir de la nuit sage et silencieuse d'Olivia Atkins. Ses yeux violets. Elle lève la tête vers moi. Son beau visage. *Un seul cheveu de ta nuque,* pense-t-elle, tournée vers moi, sans me voir, tout illuminée de l'intérieur par une lampe claire. Se retourne maintenant (à force d'être regardée dans le dos), du côté de la porte de l'église, grande ouverte sur l'été jaune, lumineux, la mer elle-même lumineuse au loin, verte avec des friselis d'argent. Regarde Stevens. Est regardée par lui.

Lui, à contre-jour, campé sur ses longues jambes, dans l'encadrement de la porte, silhouette sombre dégingandée et résolue, nimbée de soleil, de la tête aux pieds, se refusant à entrer, se refusant à être un des nôtres, se refusant à partager avec nous les chants et la prière. Son visage

28

émacié, ses yeux pâles dans l'ombre de son chapeau marron. Il semble chercher quelqu'un dans l'assemblée des fidèles réunis pour l'office du dimanche.

La fumée ici est à couper au couteau. On étouffe. Je vais appeler les jumelles pour qu'elles ouvrent la fenêtre. Trop calé dans ce fauteuil. L'arrière-train comme en plomb. La fenêtre de l'autre côté de la table. Trop loin. Atteindre la sonnette sur la table. Encore une fois. Appeler les jumelles. Les arracher au sommeil comme une seule et même personne. Leur dire d'ouvrir la fenêtre. Depuis le temps qu'elles me servent. Devraient se tenir prêtes à paraître devant moi, au moindre appel. J'agite la sonnette de toutes mes forces. Mes petites servantes dorment à poings fermés.

L'harmonium déverse des flots sonores par la porte grande ouverte de l'église en plein midi. Toute la campagne ruisselante de lumière vibre et chante à partir de l'église de Griffin Creek. Les voix nasillardes psalmodient.

Mon âme exulte dans le Seigneur.

Des voix, rien que des voix, des sons, rien que des sons. Allumer une autre pipe, les oreilles pleines de la musique d'autrefois et de voix aigrelettes. Surtout ne pas entendre à nouveau le prêche du révérend Nicolas Jones qui roucoule et s'enchante à mesure de l'écho de sa propre voix.

Mon fils s'écoute parler, pense Felicity Jones dans la

29

vibration du soleil qui fait des taches claires sur ses mains jointes.

Mon oncle Nicolas parle de Dieu, pense Nora Atkins, mais depuis quelque temps je n'entends plus la parole de Dieu dans la voix de l'oncle Nicolas. C'est comme si Dieu se taisait dans la voix de l'oncle Nicolas. La voix sonore de l'oncle Nicolas, sans rien de pieux dedans, la belle voix de l'oncle Nicolas comme une écale brillante, vide de tout contenu, basse et virile, fluide comme de la fumée. J'aime le son de sa voix d'homme dans la petite église.

S'il est vrai que je fais des effets de voix pour cette petite fille, à peine sortie de l'enfance, c'est qu'elle me ressemble et que je lui ressemble. Les deux plus roux de Griffin Creek, lustrés comme des renards, affirme Perceval. Dieu nous ayant tirés, l'un et l'autre, malgré la différence d'âge, de la même terre charnelle et chaude.

Je soigne mes gestes oratoires. Je les arrondis dans la lumière d'été. Mes mains robustes, tavelées de taches de rousseur. L'attention de Nora est extrême comme si elle suivait des yeux une mouche qui vole. Mais la voici, à son tour, qui tourne la tête vers le fond de l'église. Stevens tout sombre dans la lumière. Son chapeau sur la tête. Stevens regardant Nora à présent. Nora regardant Stevens.

Léger remous parmi les fidèles. Les têtes pivotent en direction de la porte ouverte et du soleil jaune. Stevens vire sur ses talons et disparaît. Vu par eux tous. Examiné, pesé, jugé par eux tous.

Trop près les uns des autres. Ces gens-là ne sont jamais seuls. S'entendent respirer. Ne peuvent bouger le petit

30

doigt sans que le voisin le sache. Leurs pensées les plus secrètes sont saisies à la source, très vite ne leur appartiennent plus, n'ont pas le temps de devenir parole.

Stevens n'aurait jamais dû revenir parmi nous.

Je murmure les mots qu'ils attendent de moi. Cette louange, cette exaltation d'eux-mêmes et de leur vocation de peuple élu, dans un pays sauvage, face à la mer, dos à la montagne.

Les fils d'Israël fructifièrent et foisonnèrent, ils se multiplièrent beaucoup, si bien que le pays en fut rempli.

Et l'assemblée des fidèles se tient devant moi, Nicolas Jones, muette et recueillie. Les Jones, les Brown, les Atkins et les Macdonald.

Je termine le prêche du dimanche dans la plus grande confusion. Un signe de croix rapide. J'entends battre mon cœur. J'implore la paix du Seigneur.

Depuis le début de l'office Perceval a les yeux fixés sur ses deux cousines Nora et Olivia. Un seul animal fabuleux, pense-t-il, à deux têtes, deux corps, quatre jambes et quatre bras, fait pour l'adoration ou le massacre. Perceval essuie ses yeux larmoyants, sa bouche baveuse. Se plonge dans la contemplation de ses mains énormes.

Il est bon pour l'homme de ne pas s'attacher de femme. Mais par crainte de la concupiscence que chacun ait sa femme et chacune son mari.

Le large visage plat d'Irène, sans un pli, ni rien qui rit ou pleure, lisse, sans âge, éternel pourrait-on croire. Sa mine modeste, née Macdonald. Le regard vide. Rassurante à

31

première vue. Faite pour devenir femme de pasteur, ombre grise derrière la personne sacrée du pasteur.

Mieux vaut se marier que brûler.

Que seulement Irène, ma femme, me donne un fils et je l'offrirai à ma mère, Felicity Jones, en témoignage de ma puissance. J'en suis sûr mon fils deviendra très vite le préféré de ma mère, l'adoré que je n'ai pas été. Elle le bercera dans ses bras solides, tout contre la douce chaleur de sa poitrine et je serai rentré en grâce. Mon fils saura très vite supplanter les petites Atkins dans le cœur de Felicity Jones, en mon nom et à ma place.

Le parloir est plein de fumée bleuâtre. On dirait un aquarium empli d'eau capricieuse, en tourbillons épais. L'odeur du tabac monte au plafond, en flaques molles. Respirer là-dedans. En absorber par tous les pores de sa peau, par la chaîne et la trame de tous ses vêtements, poils et cheveux saturés, yeux et gorge brûlés. Me voici debout, appuyé au dossier de mon fauteuil. Plus que deux pas à faire. La fenêtre là à ma gauche. Ouvrir sur la nuit mouillée. Laisser la maison fumer toute son haleine empestée de tabac par la fenêtre ouverte. Les arbres tout alentour se rapprochent, avec leur souffle mouillé, leur odeur de sève et de résine. Les planches de la maison gémissent comme des arbres en forêt. Quelque part dans la profondeur de la forêt des arbres vivants répondent aux arbres morts de la maison. La nuit obscure est pleine d'appels d'arbres et de végétation triomphante en marche vers le cœur pourri de cette demeure.

32

Du côté de la mer même avancement victorieux, en larges lampées de sel et d'écume sur le sable. La marée sera haute dans quelques heures avec le soleil.

Appeler les jumelles. Avant que l'aube ne se lève sur la mer. Surtout ne pas être surpris par les images de l'aube ancienne. Profiter de la nuit noire pour m'enfouir dans un sommeil noir. Un frisson entre mes deux épaules. J'ai dû prendre froid. On gèle ici avec la fenêtre ouverte. Leur crier de descendre. Eprouver la présence dérisoire des jumelles. M'en contenter. Je voudrais qu'elles s'occupent de moi. M'apportent mes pantoufles et mon pyjama. Ferment la fenêtre. Me soutiennent toutes les deux, à bout de bras, pour monter l'escalier. Leurs petites mains sèches au creux de mes reins. Le souffle rapide de leur respiration.

Coups de voix. Coups de sonnette répétés.

Pieds nus, embarrassée dans sa longue chemise, une des jumelles descend lentement l'escalier. Une somnambule. Bâille et se frotte les yeux. Une vieille petite fille. Une herbe, une épingle, une fourmi. Aucune importance. Une quelconque chose — créature — végétale, arrachée au sommeil, parmi des centaines de créatures-choses-végétales, identiques-interchangeables, perdues dans le sommeil. Je regarde la marque à son poignet. Je dis « Pat ? ». Elle fait non de la tête. Retrousse sa lèvre supérieure sur ses petites dents. Grimace désolée qui lui tient lieu de sourire. Soûle de sommeil elle prend plaisir à m'abuser. Répète « Pam, Pat », d'un air confus. Lève vers moi un regard embué.

Le temps de faire chauffer du lait dans la cuisine et de me l'apporter dans un bol fumant, la voici qui tombe, endormie, à mes pieds. Le bol saisi au vol. Je bois à petites gorgées. Envie de pousser légèrement du pied le petit tas de chiffons blancs, affalé sur la catalogne.

Le lait mousseux m'emplit la bouche de douceur tiède. Vais-je m'endormir dans la douceur du lait ? Remonter aux sources tièdes du monde ? Quel vœu pieux est-ce là ? Laisse tomber la boîte d'allumettes aux pieds de la jumelle endormie. La dernière gorgée de lait au fond du bol. Plus rien. Ni pipe. Ni lait. La pauvreté absolue. Le manque. Fais des grimaces avec ma bouche, pareil à un poisson rouge qui lâche des bulles. Cet homme est vieux, grotesque, trop gros, ouvre et referme la bouche comme s'il tétait.

Ni une larme ni un cri. Felicity Jones met au monde des fils et des filles, selon le bon vouloir de son mari. Ni scènes ni reproches. Felicity Jones feint d'ignorer les fredaines de son mari. Ressemble de plus en plus à une reine offensée. S'évade au petit jour lorsque le temps le permet. Dans sa vieille robe de chambre à ramages marron et rouge Felicity se précipite sur la grève, comme quelqu'un qui a un rendez-vous.

Elle a choisi cette heure vague, entre le jour et la nuit, pour s'échapper alors que tous ceux de son sang basculent derrière elle, avec la maison fermée dans les profondeurs du sommeil. Une heure à peine de solitude (loin des tâches conjugales et domestiques), avec ses mains inoccupées, ses pieds nus, posés sur le sable, son regard perdu sur la mer grise, son cœur défait de tous ses nœuds d'orgueil et de vertu ; aimant et haïssant en paix, dans le calme du matin.

Et moi, Nicolas Jones, je ne suis qu'un enfant qui s'éveille parmi les souffles endormis du père et des enfants. Je perçois derrière la cloison de sapin le remue-ménage assourdi de Felicity dans le noir. Les draps rejetés, un bâillement étouffé, le frôlement de la chemise de nuit sur la peau nue. J'entends mon père qui ronfle. Ma mère sera bientôt prête dans sa vieille robe de chambre et son désir de solitude. La porte de la cuisine s'ouvre et se referme, pleine d'huile et de silence. Le fils se glisse dans l'ombre de sa mère, dans le silence de la porte, traverse la route de sable, dégringole le sentier, éprouve la fraîcheur nocturne de la grève, sous la plante de ses pieds nus.

Caché dans les roseaux je regarde le lever de soleil sur la mer. Felicity Jones est pleine de reflets roses. Lorsque la marée le permet, elle s'avance dans l'eau glacée. Ses jambes poussent la couleur rose de l'eau, des ronds de couleur se déplacent autour de ses chevilles, les entourent comme des bracelets, de plus en plus grands, de plus en plus lâches. Felicity fait la planche. Elle écarte les bras et les jambes en étoile. Elle règne sur la mer. Sa robe de chambre, à ramages marron et rouge, flotte autour d'elle. On dirait une méduse géante.

La lumière tremble telle une buée au-dessus de la mer. Felicity sort de l'eau, rajuste sa robe de chambre. On voit une tache couleur café au lait sur son épaule droite. Et moi qui suis tout petit sur le sable et elle si grande, je saute autour d'elle, comme une sauterelle dans l'herbe. Je supplie.

— Emmène-moi avec toi, me baigner avec toi...

Ma mère dit non doucement ainsi qu'au sortir d'un rêve. Le reflet du rêve persiste sur son visage pacifié, s'attarde aux commissures des lèvres, lui donne l'air d'émerger d'un mystère joyeux. Me prend la main. Sa main froide, toute mouillée dans la mienne. Me ramène à la maison.

— Emmène-moi avec toi demain.

Elle répète non de la tête. Son visage se renfrogne un peu, puis devient tout à fait soucieux quand nous montons les marches du perron.

— Va vite te coucher, tu vas prendre froid.

Elle a déjà tourné le dos lorsque j'entends de nouveau sa voix, à travers l'épaisseur de son dos, sa voix confuse de femme trompée, comme si elle ne s'adressait à personne.

— Ton père est rentré à trois heures ce matin.

Retrouvant la chaleur de mon lit je m'endors parmi les bruits familiers de la cuisine qui s'éveillent peu à peu, au commandement de Felicity Jones, ma mère, mon amour.

Les petites Atkins *ne sont pas encore nées, elles n'ont rien fait de bien ni de mal, mais, pour que demeure le dessein de Dieu de choisir et de préférer selon l'appel et non selon les œuvres,* Felicity attend la venue au monde de ses petites-filles pour aimer.

Le temps joue pour ma mère et contre mon père. Peter Jones se défait très vite, jour après jour, grossit à vue d'œil, bientôt marche comme un poussah, fait pipi de travers, geint et ne quitte plus guère la maison. N'ayant plus à craindre d'affront de la part de son mari, Felicity aborde l'âge d'être grand-mère comme quelqu'un qui commence à vivre. Elle qui avait des yeux pour ne pas voir et des oreilles pour ne pas entendre (trop outragée pour cela dès la première année de son mariage) se prend à contempler les champs roses d'épilobes, les champs dorés de l'avoine mûre, les champs de sarrasin qu'on vient de faucher où persistent de longues traînées rouges. La mer, dont elle n'éprouve plus les marées fidèles ou infidèles à l'intérieur de son corps, la berce au petit jour et la rend plus vive que le sel. Felicity Jones adore ses petits-enfants et ses petits-enfants l'adorent. Je crois qu'elle a toujours préféré les filles. Mais pour ce qui est des filles de ses filles, son contentement n'a pas de borne. Olivia Atkins, fille de Mathilda Jones et de Philip Atkins, Nora Atkins, fille de Alice Jones et de Ben Atkins, cousines germaines par les mères et par les pères, quasi-sœurs, derniers fleurons d'une lignée de femmes obscures.

NoraOliviaNoraOlivia ont écrit les jumelles sur les murs dans la galerie des portraits. Des yeux de violette et d'outremer. Des masques blêmes sur des faces absentes. Trop de fantaisie. Il fallait ne pas laisser aux mains des jumelles les pinceaux et les couleurs (ces filles sont folles), ne pas leur confier le soin des visages disparus.

Celle qui dormait à mes pieds, petit tas de fagots, enfoui sous l'ample chemise de nuit, s'est relevée, sans que je m'en aperçoive, a sans doute rejoint sa sœur dans la tiédeur du lit. J'aurais dû la retenir. Lui dire de ramasser la boîte d'allumettes. D'effacer ses imaginations sur les murs, dans

la galerie des portraits. Exiger un léger massage des épaules
peut-être. Insister pour qu'elle m'apporte un plaid et m'en
couvre les genoux. On gèle dans cette bicoque. L'humidité
de la nuit. La solitude de la nuit mouillée. Le silence obscur
de la nuit comme une haleine.

Il a suffi de l'espace d'un seul été, d'un de ces courts étés
de par ici, rognés aux deux bouts par le gel, deux mois à
peine, pour que Nora et Olivia Atkins sortent de l'enfance,
se chargent de leur âge léger et disparaissent sur la grève de
Griffin Creek, le soir du 31 août 1936.

Leur signalement sera donné par toutes les radios canadiennes et américaines.

*Magnifique celui qui veille et qui garde ses vêtements de
peur de marcher nu et qu'on voie sa honte.*

Son habit noir, son col de clergyman, sa face rougie par le
vent, le révérend escalade les dunes, franchit la barre
dentelée des algues noires et violettes, rejetées par la
marée, une main au-dessus des yeux, fait semblant de
regarder la ligne d'horizon.

Les roseaux crissent dans le vent, s'inclinent et se
relèvent, grandes touffes échevelées d'un vert clair, presque blanc. Cet endroit est habité par mille vies visibles et
invisibles. Le révérend n'a jamais été seul ici, même
lorsqu'il croyait pouvoir regarder en paix les petites-filles
préférées de Felicity Jones s'ébattant avec leur grand-mère,
dans l'eau glacée, au petit matin. Perceval est déjà là, caché
dans les joncs, tout près du pasteur, respirant fort, les yeux
écarquillés, fixés sur la mer, au bord des larmes.

Le globe rouge du soleil monte à l'horizon dans des piaillements d'oiseaux aquatiques. En bandes neigeuses les fous de Bassan quittent leur nid, au sommet de la falaise, plongent dans la mer, à la verticale, pointus de bec et de queue, pareils à des couteaux, font jaillir des gerbes d'écume. Des cris, des rires aigus se mêlent au vent, à la clameur déchirante des oiseaux. Des mots parfois se détachent, ricochent sur l'eau comme des cailloux.

— Froid ! — Froid ! — Ah mon Dieu ! — Je gèle ! — Je vas mourir ! — Je prends en glace ! C'est pire qu'hier ! — Je gèle !

Felicity fait la planche. Nora et Olivia tentent de nager, imitent les mouvements précipités des chiens se débattant dans l'eau. Bientôt on peut les voir danser sur le sable pour se réchauffer. Les cheveux mouillés sculptent les petits crânes lisses, les maillots de laine collent sur les corps adolescents. Désirant toucher de ses mains pataudes ses cousines ruisselantes et craignant d'être puni pour cela, Perceval pleure tout à fait.

Le pasteur s'éloigne à grands pas, prenant plaisir à faire crever sous ses talons les algues jaunes, toutes gonflées.

Nous savons en effet que le vieil homme en nous a été crucifié afin que soit aboli le corps du péché, pour que nous ne soyons plus asservis au péché.

Il n'est pas facile de chasser l'homme ancien, le voici qui persiste, s'incruste en moi comme une tique, entre chair et cuir. J'aimerais me raccrocher au présent, sentir entre mes doigts gourds le fourneau brûlant de ma pipe. Inutile d'essayer de rattraper la boîte d'allumettes tombée à mes pieds, sur la catalogne. Hors de ma portée. Bras trop courts. Dos qui ne plie pas. Nuque raide. La nuit est sans pitié, propice aux apparitions.

Le fusil en bandoulière, hirsutes et mauvais, les hommes de ce pays ont toujours l'air de vouloir tuer quelque créature vivante. Leurs maisons sont pleines de trophées de chasse. Chevreuils et orignaux ont l'air de passer leur tête stupéfaite à travers les murs, dans les chambres de bois. Les pièges et les trappes, aux crocs puissants, bien huilés, encombrent les hangars. Les maisons regorgent de fusils et de couteaux, soigneusement fourbis, durant les longues soirées d'hiver. De retour de chasse ils prennent leur femme dans le noir, sans enlever leurs bottes. Hors saison les cordes et les pierres des filets de la pêche au saumon reposent en tas dans les cabanes à bateaux. Moi, Nicolas Jones, pasteur de Griffin Creek, je puis témoigner d'un saumon agonisant deux heures durant, au bout de ma ligne. La mer est rouge de sang.

Appelé par Dieu, tiré du limon de Griffin Creek, par Dieu, pour accomplir l'image parfaite de l'agneau à l'intérieur de mon âme, au creux le plus secret de mes os, voici que je n'en finis pas de retourner à la terre originelle et d'être l'un d'eux, parmi eux, mes frères sauvages et durs.

Le malheur de Griffin Creek est devant moi, entre cap Sec et cap Sauvagine.

M'enfoncer dans mon fauteuil. Prendre mes distances. Ne plus être hors de moi, debout à la frontière de la terre et de l'eau comme une croix du chemin sur laquelle déferlent le vent et toute la vie ancienne, en lames salées. Que passe au loin l'homme de trente-cinq ans, en costume ecclésiastique, barbe de deux jours, fusil sur l'épaule. Vais-je habiter ma jeunesse à nouveau comme un vêtement qu'on prend sur une chaise ? Que se taise à jamais la voix de Felicity Jones qui gronde son fils, comme s'il avait cinq ans.

— Tu la suis à la trace, cette petite. Tu ferais mieux d'aller te faire la barbe et changer de linge.

En réalité il y a deux hommes à l'affût sur le chemin, ce matin. Lui, dans sa grosse voiture américaine, roulant à petite vitesse, sur le bord de la route, dans un nuage de poussière. Moi, à pied, avec mon fusil, marchant sur le bas-côté de la route, à moitié dans le fossé. Et elle, la petite, qui se dandine devant nous, ses cheveux brun-rouge ébouriffés, sa robe verte retroussée par le vent, découvrant ses genoux, collant à ses cuisses.

Au magasin général je secoue mes pieds blancs de poussière et demande du tabac Old Chum. La voici qui sourit de toutes ses dents blanches. Tourne légèrement la tête vers moi. Sa voix un peu rauque commande du savon de Castille et des clous. L'homme, à l'arrière du magasin, fume, sans retirer la cigarette de sa bouche, comme pour cacher son visage dans la fumée. Il n'en finit pas d'observer Nora derrière son écran de fumée. Le magasin général sent l'huile de charbon et le goudron... Je n'ai que juste le temps de mettre Nora en garde, de lui dire de se méfier des étrangers...

41

Un instant encore et je vais voir sa petite figure rieuse, levée vers moi. Trop tard. Le noir. Plus aucune image. A nouveau la solitude du presbytère endormi et moi qui suis un vieillard perclus dans son fauteuil. L'odeur d'huile de charbon et de goudron persiste, s'étend par plaques dans la pièce, m'emplit les narines. Trop inconfortable dans ce fauteuil pour dormir. Froid dans le dos. Penche la tête sur ma poitrine. Que je dorme ou non des lueurs passent à nouveau devant mes yeux. Pourquoi ne pas reconnaître tout de suite cette rousseur dans le soleil d'été, cette tache verte qui se déplace avec la lueur rousse sur la grève. Le temps est éclaté. Brille par fragments retrouvés, se ternit aussitôt, au creux de ma main. Si je regarde à la fois sur la grève, dans le sentier qui mène à la grève et tout en haut de ce sentier, sur la route de sable, je dois faire très attention de ne rien perdre de la scène, même si je n'arrive plus à savoir comment cela a commencé et comment cela a pu être possible, un matin de juillet 1936.

L'étranger arrête sa voiture, au bord de la falaise, là où débouche le sentier pour aller à la grève. Il se met à respirer l'air marin à pleins poumons. Son regard perçant scrute la mer et le rivage comme l'œil noir du fou de Bassan, braqué sur la surface de l'eau et dans l'épaisseur de l'eau, épiant à travers les vagues tout frémissement de vie, toute promesse de festin.

Je surveille cet homme qui regarde Nora, au loin, sur la grève. Je le hais comme il n'est pas permis à un pasteur de le faire, entre tous les hommes.

L'étranger ferme à moitié les yeux à cause du soleil, examine maintenant la pente raide en lacets, pleine de cailloux, devant lui. Déjà la tache verte nimbée de rousseur se déplace dans le sentier, monte en direction de l'étranger. Nora à quatre pattes, tête basse, tout occupée à surveiller les cailloux qui cognent ses chevilles, ses mains, ses bras, remonte vers la route. A quelques pas de l'étranger, progressant rapidement vers lui, dans une volée de cailloux et de sable. Si seulement elle levait la tête elle verrait les chaussettes rouges de l'étranger, ses souliers pointus et bien vernis, postés tout en haut de la côte pour lui barrer le passage. Il tend la main vers elle. Encore un instant elle va redresser la tête et saisir cette main inconnue et secourable, tendue vers elle et...

Aujourd'hui encore quelqu'un en moi s'obstine à répéter qu'il n'y a pas de sainte colère et qu'un homme de Dieu ne se promène pas sur la route, avec un fusil dans le dos. Trop facile d'épauler et de tirer en l'air deux coups de fusil pour effrayer l'étranger et le faire déguerpir, dans un grincement de pneus et un tourbillon de sable.

Le pasteur et sa nièce sont face à face, dans la poussière de la route. Les deux plus roux de Griffin Creek (comme des renards, dira Perceval) se regardent sur le bord de la route. Elle rit tout essoufflée dans le vent, ses cheveux courts plein les dents. Je la gifle à toute volée.

La terre se corrompit à la face de Dieu et la terre est pleine de violence.

43

Le large visage d'Irène, une plane surface de peau blême avec un nez camus et une bouche pincée. Pourquoi chercher chaleur et réconfort auprès de cette femme, c'est comme si mon désir glissait sur une pierre. Irène fait semblant de prier durant l'office, fait semblant de dormir, la nuit, lorsque je m'approche d'elle, fait semblant de vivre depuis toujours, semble-t-il. Supplier Dieu de bénir mon mariage et de m'accorder un fils.

Ce que l'œil n'a pas vu et que l'oreille n'a pas entendu, ce qui n'est pas monté au cœur de l'homme, c'est ce que Dieu a préparé...

Il suffirait qu'Irène grimpe sur le tas de bois pour atteindre la petite fenêtre de la cabane à bateaux. Elle pourrait fort bien nettoyer avec sa manche le petit carreau embué de poussière, de mouches mortes et de toiles d'araignée. Elle verrait alors ce qu'a vu Perceval (sa face de lune aplatie contre le carreau). Elle saurait très vite à quoi s'en tenir, mieux que Perceval, en aurait le cœur net, une fois pour toutes. Mais Irène ne se promène jamais sur la grève. Trop occupée à l'intérieur du presbytère. A soigner la maison du pasteur. Les habits noirs du pasteur. Le linge blanc du pasteur. Les pipes du pasteur. Doit se contenter du rapport incohérent de Perceval. De ses cris. De ses larmes. Irène a sans doute renvoyé Perceval chez ses parents, avant qu'il ne pique une vraie crise, sur le plancher bien ciré du presbytère. Et puis la mer est mauvaise aujourd'hui et c'est un plaisir pour Perceval de crier dehors, dans tout ce vacarme.

La voici qui refait son visage de morte pour accueillir le pasteur son mari, comme il se doit, sans un cheveu qui dépasse, ni l'ombre d'une pensée sur son front lisse.

Ma chevelure flamboyante posée sur ma face pâle comme une oriflamme je baisse les yeux sous le regard de cendre d'Irène Jones, ma femme.

Sel, poivre, beurre, porc frais, galette de patates, pudding au riz et thé noir, mots détachés qui résonnent dans la salle à manger, nous tiennent lieu de conversation. La dernière gorgée de thé avalée, Irène déclare, sans me regarder, comme si elle s'adressait au mur.

— Tout le monde sait bien que les deux plus roux de Griffin Creek se ressemblent, comme père et fille ; bien qu'ils ne soient que l'oncle et la nièce.

Un peu plus tard, couché dans le noir, percevant à mes côtés la respiration ordinaire d'Irène, endormie, tout contre le mur, je sombre dans le sommeil, avec mon péché qui sombre avec moi, au fond de la nuit. On dirait que je vois mon péché qui s'éloigne à travers la petite fenêtre de la cabane à bateaux, avec la distance qu'il faut, le détachement nécessaire, tandis que Perceval hurle à la fenêtre.

Nora rajuste sa robe, secoue le sable et les brins de paille qui y sont attachés, me quitte en courant, comme une furie qu'elle n'a jamais cessé d'être, tout le temps que ses petits seins devenaient durs entre mes mains, plongées dans son corsage. Je ne saurai sans doute jamais d'où lui venait sa fureur, ce matin-là, en ai profité comme quelqu'un qui ramasse les miettes sous la table.

45

Pour ce qui est des racontars de Perceval : *words, words, signifying nothing...* Irène n'a sans doute rien compris.

La voici qui se rencogne encore plus près du mur, jusqu'à heurter avec ses genoux pliés la cloison de bois.

Dieu a choisi ce qu'il y a de vil dans le monde, ce qui n'existe pas pour abolir ce qui existe.

Mon Dieu est-ce possible ? Dois-je revivre à l'instant l'été 1936, être à nouveau celui qui convoite la vie et se fait complice de la mort ?

Le soir du barn dance Nicolas Jones danse avec les petites Atkins, les fait tourner et virevolter à tour de rôle, les tient par la main et par la taille, respire leur odeur à plein nez, ivre sans avoir bu une gorgée d'alcool, il se déplace en cadence, oubliant son poids et la gravité de sa charge.

Irène est là dans sa robe beige, achetée sur catalogue. Elle refuse de danser, se tient assise, à côté des violoneux, ne semble pas les entendre. Immobile, les genoux serrés, les mains à plat sur sa robe neuve, son regard déteint fixé au loin, bien au-dessus de la tête des danseurs, elle s'étire le cou pour voir quelque chose d'invisible, très haut, sur le mur en face.

La porte à deux battants est grande ouverte sur la campagne noire, rutilante d'étoiles et d'insectes tourbillonnants. L'odeur du foin nouveau dans le fenil nous prend à la gorge. Les hommes, tour à tour, sortent pour aller boire un coup et pisser.

Stevens a gardé son chapeau sur la tête, ce qui ne l'empêche pas de swinguer avec entrain. Ses longues jambes bougent en mesure, comme électriques, endiablées.

Irène est pareille à quelqu'un qui regarde de l'autre côté de la rue et ne voit pas ce qui se passe de bondissant et d'agité en plein milieu de cette rue, débordante de vie. Il lui suffirait pourtant de baisser les yeux un tout petit peu, au niveau de la tête des danseurs, pour reconnaître la chevelure rousse du pasteur, son mari. Un léger coup d'œil de côté lui permettrait de voir la table, fabriquée avec une longue planche, posée sur des tréteaux de bois, les piles de sandwiches, les gâteaux, la cafetière de fer-blanc pleine de café chaud. Du même coup l'image du révérend, son mari, s'inclinant devant Olivia et devant Nora, leur baisant les mains à plusieurs reprises, n'aurait plus de secret pour Irène. Tandis que Perceval se met à pleurer avec une grosse voix qui n'est plus celle d'un enfant.

Mais le visage d'Irène demeure impassible et glacé. Son regard à présent semble voir à travers le mur de planches, très loin dans la campagne. J'entends ma mère Felicity qui console Perceval, lui répète que le pasteur n'est pas un ogre qui dévore les mains des filles, mais un pauvre homme, tenté par le démon.

Un jour je connaîtrai comme je suis connu. Tout sera clair dans la lumière du Jugement. Hors du monde je verrai tout Griffin Creek, de haut en bas et de long en large, comme un pays peuplé d'hommes et de femmes à l'âme vivante. Et je verrai Dieu, face à face, et ma faute sera sur ma face comme une ombre. Dieu seul pourra me laver de l'ombre de ma faute et tout Griffin Creek avec moi que je traîne dans l'ombre de ma faute. Que personne ne s'échappe. Le village est encerclé. Stevens est avec nous pour l'éternité et non plus seulement de passage pour un seul été, réduit au geste terrible d'un seul été, entre tous les étés de soleil et de lune de Griffin Creek. Nous sommes ensemble, liés les uns aux autres, pour le meilleur et pour le pire, jusqu'à ce que passe la figure du monde.

Eté1936 ont griffonné les jumelles, tout le long de la plinthe, dans la galerie des portraits. Nora, Olivia, Irène n'en finissent pas d'apparaître, appelées par leurs noms, écrits à la gouache noire sur le mur de la galerie. S'échappent par le petit corridor entre la cuisine et le parloir. S'obstinent à venir me tenir compagnie durant les trop longues soirées. Peinturlurées selon le bon plaisir des jumelles, rendues méconnaissables et pourtant telles qu'en elles-mêmes, voici qu'elles s'assoient, toutes les trois sur les petites chaises paillées, en face de moi.

La constance d'Irène a de quoi surprendre. Fantôme léger, depuis sa naissance, d'où lui vient cette image tenace qui me passe devant les yeux, alors que je suis vieux et perclus dans mon fauteuil ?

La discrétion d'Irène a toujours été remarquable. Jamais un mot plus haut que l'autre. Ni scène ni dispute. La voici qui s'efface comme un dessin que l'on gomme. Sans un mot d'explication posé sur la table de la cuisine, elle est allée se pendre dans la grange. Le petit banc pour traire la vache. La corde neuve qu'elle a achetée exprès au magasin général. Cette femme savait ce qu'elle faisait, pourquoi elle le faisait et elle l'a fait toute seule, la nuit, dans la grange pleine de foin nouveau. Son mari le pasteur ne s'est pas retourné dans son sommeil, n'a pas remarqué la place vide dans le grand lit. Ce n'est qu'au petit matin qu'il l'a découverte et tenue, une dernière fois, dans ses bras, avec précaution comme quelqu'un qui porte une longue statue disloquée.

Non, non, je ne connais pas cet homme ni cette femme. Cette scène est déplacée dans le temps, fragment d'une autre vie perdue, finie avec ma jeunesse morte.

Faire le noir. Lâcher la nuit visqueuse dans toute la maison. M'en emplir les yeux et les oreilles. Ne plus voir. Ne plus entendre. Le passé qui cogne contre mes tempes. Laisser les morts ensevelir les morts.

Irène disparue, les petites Atkins s'incrustent, immobiles et recueillies, sur leur chaise. Je fais un long sermon aux petites Atkins, jusqu'à ce que leurs jambes nues se balancent, jusqu'à ce que leurs mains se croisent et se décroisent de fatigue, sur leurs genoux. Mais j'ai beau proposer en exemple la femme forte de l'Evangile, mettre Nora et

Olivia en garde contre le séducteur couvert de peaux de brebis, parler de celui qui vient comme un voleur, du loup dans la bergerie, de l'étranger de passage qui... Je n'en finis pas de me demander laquelle des deux je préfère, de Nora ou d'Olivia, de celle qui est cuivrée dans le soleil ou de l'autre qui est dorée comme le miel.

La voix de Perceval siffle à mes oreilles. Cet enfant est fou. Il a fallu l'enfermer à Baie Saint-Paul. D'où vient que sa voix perçante persiste encore dans ma tête, en dépit du temps qui passe ? Le voici qui affirme, à travers ses larmes, que son oncle Nicolas était là, sur la grève, près de la cabane à bateaux, le soir du 31 août, et que la lune blanche faisait des taches blanches, comme de la chaux répandue par terre dans la nuit.

Impossible de délacer mes chaussures. M'étendre tout habillé sur mon lit, ramener la couverture tant bien que mal. Le noir dans la chambre pâlit peu à peu, vire au gris. La fenêtre de la lucarne verse dans la chambre du gris de plus en plus pâle et léger. Dehors le soleil traîne derrière les grandes loques des nuages. Un coq, quelque part dans la campagne, s'égosille, en vain appelle le point du jour. Rien ne bouge encore dans le ciel, qu'une vague lueur derrière les nuages épais. On pourrait croire que le jour n'aura pas lieu. Si on ne savait pas, de source certaine, à force de vivre, que tant que tournera la terre il y aura des jours succédant aux nuits et des nuits succédant aux jours. Un jour pourtant ce sera la fin du monde. Les ténèbres accumulées ne livreront plus passage au soleil. L'éclair de l'ange paraîtra à l'horizon. Ses ailes métalliques. Sa longue trompette d'argent. Et l'ange proclamera à grande voix que le temps n'est plus. Et moi Nicolas Jones, pasteur de Griffin Creek, je serai connu comme je suis connu de Dieu.

Ce n'est que la pluie. Les premières gouttes de pluie, lentes, épaisses, espacées, toquent sur le toit de bardeaux, pareilles à des pas nus. Si le jour se montre, ce ne sera qu'à travers des masses de coton gris. Attendre pour réveiller les jumelles. La pluie à présent frappe aux carreaux, s'infiltre sous la noue de la lucarne, dégouline sur le plancher de la chambre, bientôt atteindra la couverture de laine rouge sur mon lit, y dessinera des points plus sombres et plus rouges encore comme des gouttes de sang.

Engoncé dans mon vieux veston noir, le poids des chaussures à mes pieds, j'ai dû dormir, la couverture de laine remontée jusqu'au menton. Vu Perceval en songe, ange d'apocalypse, debout sur la ligne d'horizon, corps d'homme, tête de chérubin, les joues gonflées à tant souffler dans la trompette du Jugement. Des petits personnages noirs s'agitent sur la grève, en proie à la désolation, écoutent la voix de leur désespoir, tonitruante, à la lisière du ciel et de l'eau. Finiront par se boucher les oreilles avec leurs mains.

51

Durant trois jours et trois nuits Perceval a crié à pleine gorge. Dès après la disparition des petites Atkins, dès les premières recherches sur la grève, le soir du 31 août 1936. Perceval s'est mis à hurler comme quelqu'un qui sait à quoi s'en tenir et se trouve déjà face à face avec l'intolérable.

Si le jour se montre, ce ne sera qu'à travers des masses de coton gris. La journée sera blême, telle une aube interminable. Il faut pourtant que le révérend Jones célèbre l'office aujourd'hui. Il faut que ce dimanche d'octobre 1982 ait son heure de prière et d'hymnes, afin que les quelques survivants de Griffin Creek soient rassemblés dans la petite église de bois, fidèles à la foi du Seigneur, à travers le temps et la dispersion.

Tous ceux qui ont quitté le village, au cours des années, l'ont fait comme s'ils découvraient peu à peu que la terre était trop pauvre pour être cultivée, le vent trop violent pour être supporté, la chasse et la pêche tout juste bonnes pour les vacances. Mais en réalité chacun d'entre eux désirait devenir étranger à l'autre, s'échapper de la parenté qui le liait aux gens de Griffin Creek, dépositaires du secret qu'il fallait oublier pour vivre.

Les voici enfin dans l'encadrement de la porte, tabliers blancs et chaussons de feutre, les jumelles m'apportent mon petit déjeuner. Le jour commence dans la brume et la pluie. Elles me disent bonjour sans que rien bouge sur leurs

52

petits visages concentrés. Attentives à ne pas me contrarier elles me servent du thé noir et les toasts beurrés. Pat prépare la mousse de savon et le blaireau, le petit bol bleu, plein d'eau chaude. La pluie cogne en rafales sur les vitres, coule par terre dans la chambre. Pam a posé une cuvette sur le plancher. Le bruit sonore, de plus en plus mat, des gouttes d'eau. Si les jumelles s'enchantent du bruit rythmé de la pluie tambourinant dans la cuvette, ont envie de battre des mains et de danser tout autour, elles n'en laissent rien voir. Délacent mes chaussures et m'apportent des chaussettes propres.

Le temps qu'il faut à un vieil homme pour s'habiller, des pieds à la tête, sans l'aide de personne, soufflant comme un bœuf, criant pour qu'on lui apporte son col de clergyman, fraîchement blanchi et amidonné, et la cloche grêle de l'église se met à sonner dans la brume. Quelques maisons fermées s'entrouvrent, le long de la côte sauvage, livrent passage à des créatures au pas incertain, à la tête baissée, toutes mouillées sous les bourrasques de pluie. On pourrait les compter sur les doigts des deux mains, les Jones, les Brown, les Atkins, les Macdonald, rescapés à grand-peine du malheur de Griffin Creek. Ils ont enveloppé leur bible dans des sacs de plastique et ils courbent le dos sous l'averse, en route vers l'église de leur enfance, autrefois blanche, maintenant grise, sous des paquets d'eau grise.

Responsable de la parole de Dieu dans ce pays, Nicolas Jones, poussé et tiré par les jumelles, se dirige, à son tour, vers l'église.

Afin qu'il n'y ait pas rupture, de Dieu à eux, mes frères, à cause de moi, leur frère indigne et pasteur légitime, je leur parlerai de Dieu comme autrefois lorsque le monde était innocent.

Au commencement il n'y eut que cette terre de taïga, entre cap Sec et cap Sauvagine, et ils arrivèrent, hommes, femmes, enfants, traînant après eux quantité d'objets, de meubles et de vêtements de toutes sortes, venant de Nouvelle-Angleterre. Et le Verbe s'est fait chair et Il a habité parmi eux.

La voix de Nicolas Jones a perdu son velours, cassée et essoufflée, elle cogne contre les murs de bois. Les vieux visages se lèvent vers le pasteur, un peu froncés sous l'effort de l'attention.

Honore tes père et mère, dit le pasteur, s'adressant aux vieillards de Griffin Creek, *afin que tes jours soient prolongés dans le pays que Dieu t'a donné.* Amen.

LETTRES DE STEVENS BROWN
A MICHAEL HOTCHKISS

été 1936

Fais-nous trembler de ton désir, océan fruste.

P.J. Jouve

Le 20 juin 1936.

Dear old Mic,

Me voici donc de retour au pays natal, après avoir traversé l'Amérique, de Key West aux Laurentides. Tous les moyens de transport sont bons pour qui veut arriver. J'ai tout essayé, les trains, les Greyhound, les camions et les autos des autres, quand on voulait bien me faire monter, ce qui était plutôt rare, à cause de ma barbe. C'est fou ce qu'une barbe de deux à trois jours fait mauvais effet sur les gars bien rasés des Carolines ou de Georgie. Il n'y a que les nègres qui font aussi mauvais effet, postés là, au bord de la route, en plein soleil, dans leurs vêtements déteints, immobiles, pareils à des statues, seuls ou par petites familles, attendant un lift comme on espère le Paradis. Depuis mon départ j'ai suivi la côte Atlantique, dans tous ses découpages, habitué depuis mon enfance à avoir sous les yeux la ligne de l'eau, son haleine large et salée, ses vols et ses grincements de mouettes et de goélands. C'est à peine si je perdais de vue la côte, de temps en temps, à cause des

57

routes et des voies de chemin de fer qui passent parfois à l'intérieur des terres. Mais je finissais toujours par revenir au bord de la mer. Tout au long du voyage, si j'ai parfois travaillé au coton, avec les nègres, j'ai aussi passé des journées entières au vent du large, sur les grèves, penché sur les tables de vidage. Avec un couteau bien effilé je leur faisais sauter les entrailles aux petits poissons, miroitant au soleil, glissant entre mes mains. Une nuée d'oiseaux sauvages, aux clameurs stridentes, me tournaient autour de la tête et il fallait les chasser comme des mouches. Le soir venu je puais tellement que les femmes étaient bien obligées de me laisser tranquille. Le poisson, c'est comme si on entrait en religion, ça protège.

Je pense souvent à notre bungalow, posé sur le sable le plus fin, le plus blanc du monde, fait de coquillages broyés, au bord du golfe du Mexique là où l'eau est transparente, turquoise au soleil, violette par plaques lorsqu'il y a l'ombre des nuages. Je me souviens des minuscules coquinas, apportés par la vague, au crépuscule, et qu'il fallait saisir très vite entre les doigts, avant qu'ils ne disparaissent dans le sable. Nous en faisions des bouillons délectables. Le sable était si blanc, avec des reflets roses et mauves, que la nuit, parfois, quand je m'éveillais et jetais un œil par la fenêtre, je croyais voir de la neige fraîchement tombée. Un pays plat comme la main, une plate galette de sable blanc, des arbres rabougris et rares, rares les vaches et les chevaux, pas mangeables les poulets maigres, chère l'eau au compteur, le moindre gazon à prix d'or à cause du manque d'eau, seules les orangeraies à perte de vue...

C'est là que je t'ai rencontré, brother, à première vue tu me déplaisais, ton accent nasillard et chantant, ta façon d'escamoter les *r* et de rire en parlant, ce qui rendait incompréhensibles toutes tes phrases inachevées. Tu riais tout le temps et ta figure était toute plissée, à force de rire, lorsque, par extraordinaire, ta face demeurait un instant tranquille, on pouvait voir de petites lignes blanches sur tes joues tannées par le soleil, autour des yeux surtout. Le rire t'avait couturé d'un réseau très fin de cicatrices nacrées, à l'abri du soleil.

Tu vas dire que j'écris une drôle de lettre et que je devrais plutôt te donner des nouvelles du pays d'ici et des gens d'ici que de décrire ton visage d'Américain moyen et cette brûlante Floride que tu connais mieux que personne y étant né et y demeurant encore, dans un bungalow décrépit, aux moustiquaires crevés, au 136 Gulf View Boulevard, face à la mer. Très loin, la ligne d'horizon, le regard s'épuise à la chercher, ne fait pas de ricochets, se perd en route, sur la surface de l'eau, s'abîme dans le rêve, avant même d'avoir franchi l'espace immense. Ici c'est la même fuite, face à l'étendue marine, la même perte du regard, saisi par le songe, en cours de route. Extase certaine. Mais la rive nous retient davantage avec ses rochers rouges ou marron, gris, ses montagnes austères, appelées mornes, comme des personnes désagréables, ses petits sapins drus, un sur cinq, rouge et desséché, les morts non ramassés, tenus serrés par les vivants, debout, rouges et desséchés entre les vivants verts et noirs, la folle vie végétale, robuste, respirant contre les morts, les tenant debout, entre les vivants, ne pouvant pas s'en débarrasser, n'ayant pas le temps, trop engagée dans la puissante occupation de vivre, de croître et de pousser dans un sol pauvre où la vie est un défi et une victoire.

Tout d'abord en arrivant à Griffin Creek j'ai cru que la terre et l'eau s'étaient éteintes. La couleur sourde ne rayonnait guère, même au grand soleil. La mer me semblait terne, à peine verte par beau temps, respirait pareille à une bête, étendue sur le dos, follement vivante, agitée par le flux et le reflux de son sang énorme. Tu comprends j'avais trop en mémoire la couleur et l'éclat du paysage de Gulf View Boulevard, sa platitude fortement colorée, la substance même de l'eau qui est couleur soutenue, égale en éclat au soleil largement répandu, pour goûter la vie de par ici qui est secrète et retenue, ne commence de vibrer que lorsqu'on a l'œil net de tout corps étranger. Il me fallait revenir au regard neuf de l'enfance, pas encore habité d'images brillantes, pour saisir la sauvage beauté de ma terre originelle.

30 juin.

Après cinq ans d'absence me voici de retour au bercail. Je me suis assis au bord du ruisseau qui porte mon nom : Brown Stream. C'est écrit en noir avec du goudron sur une planchette clouée sur un poteau. Ça m'a fait plaisir de voir mon nom écrit à l'entrée du village, pour me signifier que j'étais vraiment arrivé chez moi, après toutes ces pérégrinations dans les pays étrangers. Assis sur ma roche, au bord du ruisseau bouillonnant et limpide, j'ai mesuré le temps qui s'était écoulé, depuis mon départ. J'ai mesuré mon corps d'homme, de la tête aux pieds, et j'éprouvais quelque chose d'obscur, de très fort et d'irréfutable à l'intérieur de moi ; la présence intacte de mon corps d'enfant, avec ses joies, ses peines et ses peurs. J'étais comme une femme enceinte, au bord d'un chemin, qui reprend souffle, après avoir beaucoup marché, et qui est lourde de son fruit. Longtemps j'ai regardé le village, avant de me décider à y descendre. J'étais en haut de la côte de sable, le village se trouvait tout en bas, entre la mer et la montagne, ses maisons précaires et blanches, posées de travers pour contrecarrer le nordais. Pour me rassurer je me répétais que le sang qui coulait dans mes veines n'était plus le même, ni ma peau, ayant été renouvelé de par tout mon corps, plusieurs fois, depuis mon départ. Mais je n'ai retrouvé tout mon aplomb et mon assurance qu'en pensant à mes bottes et à mon chapeau. Je me suis dit qu'un homme n'a rien à craindre, chaussé de bottes viriles, été comme hiver, le chapeau vissé sur la tête, ne se découvrant ni pour l'église, ni pour les femmes. Les maisons vues de loin, du haut de la côte, j'aurais pu les prendre dans mes mains, les tourner et les retourner, en faire sortir les petits personnages, les tenir entre le pouce et l'index. Mais trop de nouveautés sans doute là-dedans, trop de métamorphoses, les naissances et la mort, les signes du temps partout. Le visage de ma mère s'est-il flétri, les colères de mon père le réchauffent-elles toujours, l'empêchant de sombrer tout à fait dans l'ennui et le mépris ? Un instant, l'idée consolatrice et folle d'aller me jeter aux pieds de Felicity, ma grand-mère, et de lui demander de me bénir et de m'absoudre. Sa vieille main sur mon front, fourrageant dans mes cheveux. Pour elle seule j'enlèverais mon chapeau et je baiserais le bas de sa robe. Surtout ne pas commencer par la maison des parents, remettre à plus tard la salutation et la confrontation avec les auteurs de mes jours. Flâner un peu, hésiter entre les maisons, bien choisir

61

ma porte et mon perron, avant d'entrer. L'embêtant avec le village c'est qu'il suffit d'un seuil franchi, dans la solitude apparente, pour que surgissent aussitôt, dans les fenêtres voisines, sur le pas des portes, des yeux pointus comme autant de petites serres pour vous agripper et vous saisir.

La maison de mes grands-parents c'est la dernière, là, tout au bout, avec une clôture verte et un abat-vent de bois, non loin de la sécherie de harengs. J'irai trouver ma grand-mère, chapeau bas, je mettrai un genou en terre devant elle et je lui dirai : C'est moi Stevens ton petit-fils, je suis de retour et je te salue. Peut-être ne me reconnaîtra-t-elle pas ? Et si personne ne me reconnaissait dans le village ? Je n'aurais qu'à rebrousser chemin comme quelqu'un qui se rend compte que la rue devant lui est barrée, comme un cheval qui bute sur un obstacle infranchissable. Sac au dos je reprendrais la route et je parcourrais l'Amérique du Nord, en long et en large, vivant de travaux saisonniers et des saisons elles-mêmes qui sont différentes d'une province à l'autre, d'un Etat à l'autre. Tout un continent pour vivre et mourir à l'aise, le monde presque entier pour respirer, par le nez, par la bouche, par tous les pores de la peau, l'air immense, tel un océan où s'immerger et devenir de plus en plus vivant et remuant, pareil à un poisson dans l'eau.

Du haut de la côte je contemple le village. Les bras croisés sous la tête, étendu de tout mon long sur ma roche plate, au bord du ruisseau, je lève la jambe, je cligne des yeux, je pose mon pied, avec sa botte poussiéreuse, sur le village que je cache entièrement. Mon pied est énorme et le village tout petit dessous. Le village est si petit que je ne pourrai plus jamais y rentrer, avec mes grosses bottes et ma taille d'homme. On doit étouffer là-dedans. Je pose mon pied sur le village que je fais disparaître, puis je le découvre à nouveau, dans sa petitesse et sa fragilité. Je joue à posséder le village et à le perdre à volonté. Tout cela parce que je n'arrive pas à me décider à descendre la côte et à cogner à l'une des portes de ce village minuscule et endormi. Je n'aurais pourtant qu'à taper à l'une de ces portes pour que l'on m'ouvre aussitôt, je n'aurais qu'à dire : Voilà, c'est moi, Stevens, je suis de retour...

Voici qu'une silhouette, qu'on dirait découpée dans du papier noir ou marron, vient de surgir derrière la clôture verte de mes grands-parents. L'ombre se déplace difficile-ment sur des jambes maladroites. Je crois que c'est mon grand-père que l'âge alourdit et rend chambranlant. Il se dirige vers la sécherie, examine ses harengs, les retourne, rutilants comme du bronze doré, dans le soleil, s'imprègne de leur puanteur et revient s'asseoir sous un sapin, derrière la clôture verte, dans le petit jardin. Si je ferme un œil et pose à nouveau mon pied sur les maisons, au bas de la côte de sable, je fais disparaître mon grand-père qui somnole, adossé à un sapin. Sous ma botte je m'imagine sa petite vie de vieux, il a bien soixante-dix ans. Je pourrais l'écraser comme une coquerelle. Mais je le laisse dormir et rêver, sous ma semelle, ses rêves montent le long de ma jambe comme autant de petites fourmis diligentes, éclatent dans ma tête en bulles légères. Je sais à quoi pense mon grand-père comme si j'avais bu dans son verre. Il se colle au sapin, la résine, chauffée tout le jour, embaume et pénètre ses vêtements, sa peau, son épine dorsale. Il adhère parfaitement au tronc rugueux. Mon grand-père devient arbre tant l'idée d'arbre est forte dans son esprit, avec ses mères branches, ses maîtresses branches, ses branches gourmandes, ses branchettes et ses ramilles à l'infini. Tant de rejetons pour un seul homme, les légitimes et les autres, il y a de quoi rester vert et ne jamais mourir. Les enfants, les petits-enfants et même les arrière-petits-enfants, depuis que Isabel... Béni, tout cela est béni. Mon grand-père s'embrouille, fait le compte des feux du village, on dirait qu'il recense une myriade de prunelles bleues, sorties d'une source vive, au milieu de son ventre d'homme. Il a beau geindre, et se dire qu'il est vieux à présent, trop lourd et trop gras, grosse bedaine, plus de graines, sa descendance est là devant lui, répandue jusqu'au-delà du village, sur toute la côte, comme le sable des grèves de par ici, granuleux et gris, et qu'il est inutile d'essayer de les compter.

J'ai le pouvoir de faire exister mon grand-père, au bout de mon pied, ou de l'abandonner au silence d'un sommeil opaque. J'opte pour cette dernière solution. Je suis fatigué de vivre par procuration. Mon vrai problème c'est de savoir par quel bout aborder le village, sans réveiller la meute, sans l'avoir à mes trousses, mes parents en tête, avides et curieux. Pressé de questions, je serai pressé de questions comme Lazare au sortir du tombeau et comme Lazare je ne saurai quoi répondre, car la vraie vie est semblable à la mort, impénétrable et profonde.

Si je me décide pour Maureen Macdonald, née Brown, c'est que la veuve de mon cousin Jack possède une toute petite demeure, cachée sous les arbres, tout en bas, et que c'est la première maison à main droite, en descendant la côte de sable. Je commencerai donc par Maureen.

1er juillet.

Cette femme-là m'attendait. Puisque je te dis, mon vieux Mic, qu'elle m'attendait. C'est sans doute pour ça que j'ai été attiré par sa maison, entre toutes les maisons. Une femme d'un certain âge, veuve, par-dessus le marché, avec toute son attente de femme et de veuve, qui se lève le matin et se demande ce qu'elle va faire de sa journée. Elle a mis une veste d'homme par-dessus sa chemise de nuit. Elle a ouvert la porte de la cuisine toute grande. Puis elle s'est immobilisée sur le seuil en respirant profondément, comme quelqu'un qui fait de la gymnastique. De ma cachette, derrière la corde de bois, je voyais sa poitrine de femme monter et descendre dans sa veste d'homme. La senteur de la mer devait lui plaire car elle ne cessait pas de respirer profondément, calmement, sans se lasser, s'imprégnant d'iode et de varech, comme si c'était sa seule raison d'être ; de respirer à fond et de se trouver présente au matin, sur le pas de sa porte, au bord de la mer.

Le pays est luisant de lumière liquide, la terre, le ciel et l'eau rayonnent à perte de vue. Deux petits pommiers rachitiques sont en fleur, de chaque côté de la porte, une buée rose et blanc, à peine posée, flotte au-dessus des troncs et des branches biscornues. Le remue-ménage de ma cousine Maureen, dans sa cuisine, est net et précis, presque joyeux, casseroles remuées, bûches que l'on jette dans le feu, claquement sec de la porte du four en fonte. Bientôt le bacon grésille dans la poêle, le café se met à sentir bon, les bonnes odeurs de cuisine passent à travers la porte grillagée, chassent le grand effluve de la mer, si prenant au matin.

— Hello Maureen Macdonald, née Brown. Ça sent ben bon chez toi, à matin...

Je m'écrase le nez dans le moustiquaire de la porte, je dois avoir l'air d'une face de singe aplatie, je renifle intensément, par les trous du grillage, le petit déjeuner de ma cousine Maureen. La faim me tiraille l'estomac. La femme quitte son poêle, vire sur ses talons, comme sur un pivot, me regarde avec des yeux de pierre pâle dans sa face en pierre plus foncée, son couteau et sa fourchette à la main, comme des armes.

— C'est moi, Stevens ! Tu me reconnais pas ?

Un cri rauque s'échappe de la gorge de ma cousine, bientôt des paroles s'entremêlent dans sa bouche où je retrouve un accent d'enfance que je croyais avoir perdu.

— Stevens ! Seigneur doux Jésus c'est pas croyable ! Te voilà long comme un jour sans pain. Entre mon garçon que je te voye un peu mieux.

Le temps des embrassades terminé, je passe à table. Je mange aussitôt les deux œufs au bacon, préparés par Maureen, en bavant de plaisir, puis j'en redemande deux autres.

Maureen casse des œufs sur le bord de la poêle. Ses mouvements sont sûrs et paisibles. Je crois que cette femme est heureuse de nourrir un homme et d'être commandée par lui. Ce n'est pas fatuité de ma part. Je sens cela dans chacun de ses gestes, dans l'air même qui accompagne chacun de ses gestes, un contentement, une bienheureuse satisfaction.

J'avale un autre café fort et brûlant. Le bacon se tortille dans la poêle, les œufs cuisent, je les aime brillants, ni trop cuits, ni trop liquides, parfaits. Je m'abandonne au savoir-faire de Maureen, à la toute-puissance de ses mains un peu rêches. La seconde platée d'œufs et de bacon est aussitôt engloutie, sans que je lève les yeux de mon assiette, seules les mains de Maureen demeurent visibles, comme détachées de son corps, voltigent au-dessus de la table, jusque sous mon nez. Voici une pile de tartines beurrées et de la confiture de mûres, posées là devant moi par les mains de Maureen. Puis rien. Plus rien. Il ne reste plus rien de mangeable sur cette table, pas une miette, ou une goutte de quoi que ce soit, seules les mains de Maureen... Je crois bien que je suis repu. Je me lèche les babines. Je lève les yeux sur Maureen qui me regarde, depuis un moment déjà, les poings aux hanches. On dirait que cette femme qui n'a rien avalé, depuis la veille, m'ayant offert son petit déjeuner, se trouve rassasiée, rien qu'à me voir manger, partageant avec moi la même avidité et le même contentement.

Une sorte d'entente entre nous, une complicité plutôt. Je lui interdis de me parler de mes parents. Elle me répond doucement que je suis un mauvais fils et un ingrat et, en même temps, elle sourit. Moi, je la regarde, la chaise renversée en arrière, les yeux mi-clos, dans la fumée de ma cigarette. Une vieille veste d'homme, une vieille chemise de nuit décolorée, un visage sur le point de se durcir tout à fait et que certains gestes d'homme pourraient retenir, un instant, au bord du gouffre. Ses cheveux sont magnifiques, lourds, plus foncés que ceux des gens d'ici, presque noirs, illuminés, de-ci de-là, par des fils d'argent, brillants comme du givre. Une espèce d'égarement maintenant dans son regard qui se rive au mien. Je possède un pouvoir. Si tout à l'heure j'ai pu faire vivre mon grand-père, au bout de ma botte, je perçois maintenant un cri sourd dans la poitrine de Maureen. Mon Dieu est-ce possible cette joie brutale qui surgit en elle, coupante comme un couteau. Je n'ai pas bonne mine pourtant, une barbe de trois jours, des plaques de poussière et de boue séchée partout, sur mes habits et mes bottes crottées. L'idée folle fait cependant son chemin dans la tête de Maureen. Plus tard elle me jurera qu'elle ne désirait rien tant en cet instant précis que de me laver de la tête aux pieds, comme un petit enfant crasseux. Je lui offre mes services pour l'été. Je pourrais être son homme engagé pour l'été. Elle me répond lapins, poules, jardinage, m'assure qu'il y a de l'ouvrage en masse. Mais la voix de ma cousine est blanche, sans aucune intonation. Elle se laisse glisser à mes pieds, molle comme une poupée de chiffon. Dans un souffle...

— D'abord je vas t'ôter tes bottes, pis je mettrai de l'eau chauffer...

Maureen a préparé le bain, dans la grande cuve de tôle émaillée, cerclée de bleu. Elle m'offre le rasoir et le blaireau de son mari. Mais elle tient à me laver elle-même, à grand renfort de brocs versés. Après un moment je vois bien qu'elle n'a plus de force du tout dans les bras et les jambes. Elle se met à trembler. Je peux voir battre une grosse veine dans son cou. Il y a de l'eau répandue dans toute la cuisine.

Tout nu et ruisselant, je l'emporte dans sa chambre sur son lit défait. Elle proteste et dit qu'elle ne pourra pas, que ça fait dix ans que son mari est mort et qu'elle n'est plus une femme, ni rien de semblable, qu'elle est trop vieille...

Tu vois, dear Mic, que je n'ai pas traîné, je me suis tout de suite établi au pays, non sans peine d'ailleurs, ma cousine Maureen étant étroite comme un trou de souris, mais j'ai pris racine dans le ventre d'une femme et tout alentour la campagne de mon enfance bruissait comme la mer.

Le 5 juillet.

Je suis devenu l'homme engagé de ma cousine Maureen. Je sarcle ses salades et ses choux, je nourris, je tue et j'écorche ses lapins, je refais la toiture du hangar avec du bardeau tout neuf, bien imbibé de créosote, les pointes dures des seins de Maureen sont couleur de noyau de pêche, je la renverse, de temps en temps, au cours de la journée, entre deux jobs, dans la cuisine, derrière la cabane à lapins, j'en ai de moins en moins envie, à mesure qu'elle se réveille sous moi, pareille à une chatte en chaleur. La nuit, malgré ses protestations je dors dans la grange, en serviteur modèle, je lui répète que c'est là ma place attitrée et que je n'ai que faire de la chaleur du lit, de ses grands cheveux me chatouillant le visage, sans parler de ses bras autour de mon cou et de sa tête sur ma poitrine. Ça me donne des courbatures. Ma volonté est de dormir tout seul, la nuit, et de me satisfaire tout seul, si l'envie m'en prend. Que ma cousine Maureen découvre à loisir, couchée dans son grand lit conjugal, sa nouvelle solitude, plus grande que la première.

Le foin dans la grange est sec comme de la poussière. On

69

voit bien que le mari de Maureen est parti depuis longtemps. Faucheuse et râteleuse rouillent dans l'ombre.
J'entends couiner les rats. La nuit, comme une eau noire,
pénètre entre les planches mal jointes, la rumeur des
insectes me passe sur la face, je me cale dans ce vieux foin,
comme dans une paillasse. Je rêve de rentrer en Floride, de
m'acheter un camion et de vendre des oranges au bushel, de
porte en porte. Nous pourrions nous associer, tous les deux,
old Mic, et nous ferions des affaires d'or ensemble. Mais en
attendant je veux faire le tour de la parenté et reprendre ma
vie là où je l'ai laissée, il y a cinq ans, à la suite d'une rage
plus forte que les autres. Je t'ai raconté tout ça, cent fois au
moins, durant les longues soirées d'hiver, Gulf View
Boulevard, assis tous les deux dans le porche, toutes
lumières éteintes, le feu de nos cigarettes, rouge dans
l'obscurité, la plage à nos pieds, blanche, ressemblant à la
neige. La senteur entêtante des orangers, répandue à
grands traits. La mer tout près.

Le 8 juillet.

Je me promène sur la grève de Griffin Creek. Des débris
de bois argenté qu'on appelle ici bois sauvé, des algues
visqueuses aux grains gonflés que je fais claquer sous mes
pieds. Les rares coquillages sont épais et gris, les petites
bêtes à l'intérieur ayant besoin d'une maison bien étanche
et solide pour se protéger du froid. (Les fins coquillages
nacrés, la plage lumineuse, l'eau transparente, tu te souviens, brother ?) Aujourd'hui je marche dans une eau
glacée, sur le sable détrempé comme une pâte de boulan-

ger. L'étau du gel se resserre autour de mes chevilles. Et ces deux grandes sauterelles d'adolescentes dans leur maillot de laine, l'autre matin, s'ébattaient là-dedans, avec ma grand-mère, en poussant des cris de joie. Je n'arrive pas à reconnaître ces créatures, mi-femme mi-enfant (cet âge intermédiaire pervers entre tous), parmi la marmaille de mon enfance, dans la grande confusion des cousins et cousines dont ma mémoire est encombrée. Perceval prétend que ma grand-mère est un dauphin et qu'elle n'a qu'un seul désir, entraîner ses deux petites-filles vers la haute mer, sur des coursiers d'écume. De là à leur inventer des queues de sardine, des nageoires agiles et des cervelles de la grosseur d'un grain de framboise, il n'y a qu'un pas. L'imagination de mon frère Perceval n'a pas de garde-fou, rien pour le retenir de basculer tout à fait dans l'extravagance et les larmes. Tout avec lui se termine par des larmes et des cris. Trop de contraintes, d'empêchements, d'interdictions dans sa vie l'ont sans doute conduit à cet état larmoyant. Un corps d'homme, une cervelle d'enfant, le désir et la peur, tout cela est inconciliable, et mon frère Perceval se lamente. Lui, au moins, je l'ai reconnu tout de suite, l'autre matin, parmi les joncs, reluquant ses cousines au bain et bavant de désespoir. Des yeux bleus trop ronds dans une face de bébé, une caboche lourde qui penche sur l'épaule. Tout cela n'a pas changé depuis mon départ, sauf que cette tête enfantine est maintenant posée sur un corps exceptionnellement grand et robuste. Une sorte de géant avec une face de chérubin. Perceval a quinze ans. C'est Maureen qui me l'a dit. Sa tête laineuse dans ma main, il se frotte contre moi tel un petit chien frisé. Mon frère est idiot.

C'est entendu j'irai tous les voir, les uns après les autres, mes parents en dernier, afin qu'ils soient bien préparés à ma visite par la rumeur publique et dans l'état d'exaspération nécessaire pour m'accueillir comme d'habitude.

Ça n'a pas traîné. J'ai dit à Perceval : Bonjour, je suis ton frère Stevens, et il a aussitôt prévenu tout le monde, son étrange pas cadencé et lourd allant d'une maison à l'autre, ressemblant à un colporteur consciencieux.

Je commence par les enfants. Ce n'est pas difficile de les connaître presque tous, d'un seul coup. Ma cousine Maureen a décidé de m'emmener aux fraises avec elle. Ils sont déjà là, accroupis dans leurs vêtements clairs, tout le long du champ, en bordure de la forêt. Des têtes qui se relèvent, des yeux qui pointent sous les chapeaux de toile ou de paille, vu, examiné, pesé, jugé, je n'en mène pas large. Je m'accroupis à mon tour, tandis que les regards enfantins quittent ma personne pour retourner à la patiente recherche des petites fraises des champs, cachées sous les feuilles.

Le soleil darde sur les nuques et les épaules courbées. Parfum sucré des fraises, chaleur rousse de la terre, respirée de tout près. Nos doigts teints en rouge. Ce n'est pas là un travail d'homme et je détonne parmi les femmes et les enfants. Impression étrange d'avoir soudain, tout contre moi, un petit animal dont je perçois les battements de cœur, le souffle léger. Un des enfants s'est rapproché de moi silencieusement, dans l'herbe foulée. C'est une fille. Son bras nu contre mon épaule, son odeur de terre chaude. La voici qui tourne la tête vers moi. Son chapeau de toile bascule en arrière. Ses yeux plissés, couleur de mer, son sourire éclatant, sa petite face pointue, criblée de taches de son, comme un œuf de moineau. Elle me dit qu'elle s'appelle Nora et qu'elle est ma cousine germaine. Perceval lui a déjà annoncé mon arrivée.

Le coup de midi. L'ombre tant désirée depuis ce matin. L'eau tiédie qu'on avale dans le seau de fer-blanc. Le pain mou et le jambon fondant au soleil. Ma cousine Nora m'examine d'un air méfiant, bien assise sur son derrière, les genoux au menton, les bras entourant ses genoux, la tête sur ses bras. Une petite bête, te dis-je, une petite bête lustrée, à l'affût dans l'herbe.

Cette bonne vieille Maureen fait des chaudronnées de confitures de fraises qui embaument dans toute la maison. J'écume à mesure qu'elle se forme la mousse rose bouillante, flottant sur un sirop luisant et foncé. Je l'étends soigneusement sur du pain et je la mange aussitôt.

12 juillet.

L'air du temps me comble. J'aime les longues journées d'été qui se prolongent tard dans la soirée. La maison de Maureen, le jardin de Maureen, les bâtiments de Maureen n'ont jamais eu meilleure mine. Cette femme n'en revient pas d'avoir sous la main, réuni en un seul homme, un serviteur et un maître aussi exigeant.

On me suit à la trace. Quoi que je fasse, je suis repéré dans mes allées et venues, épié, reconnu. On me salue ou parfois on détourne la tête sur mon passage. Des mains invisibles soulèvent les rideaux des fenêtres, des yeux cachés m'observent derrière les rochers, sur la grève. Mes parents sont déjà au courant. Ils doivent m'attendre, assis sur la galerie, endimanchés et se balançant sur des chaises berçantes, une rouge, l'autre verte, toutes deux à fond de paille tressée.

Les enfants me suivent, pas à pas, depuis que je joue de la musique à bouche. Je leur ordonne de marcher à la file, derrière moi, et, sur un air d'harmonica, nous traversons le village, en procession. Je rêve de vider Griffin Creek de tous ses enfants et de les entraîner avec moi, au-delà de la ligne d'horizon. Comme ce joueur de flûte qui...

Les petites filles me font des frais. Elles s'agglutinent à moi comme de la résine de sapin. Nora a voulu apprendre à jouer de la musique à bouche. Elle prend plaisir à coller ses lèvres sur l'harmonica le plus rapidement possible après que j'ai cessé d'en jouer. Toi, mon cousin Stevens, je te goûte, ta musique, ta salive et tes lèvres et tu me goûteras aussi, moi, Nora Atkins, ta cousine. Elle souffle son petit air et me tend la musique, toute mouillée.

— Goûte, c'est comme si on s'embrassait.

Elle rit, des cheveux plein les yeux, tachée de rousseur dans la lumière.

15 juillet.

Inutile de chercher des raisons extraordinaires. Si je suis revenu c'est juste pour voir. Par curiosité, te dis-je. Par désœuvrement. Par nostalgie sans doute. J'ai revu ma grand-mère qui m'a embrassé et offert du plum-cake et du thé.

Dès qu'elle m'a vu dans la porte d'entrée, elle a poussé

une sorte de cri, plein de mots tendres et sauvages, s'entrechoquant les uns les autres.

— Stevens ! Mon petit, mon grand garçon, si grand, mon petit-fils, plus beau que son père, si grand, plus intelligent que sa mère, fin, fin dans sa tête, comme un fil fin, dur dans son cœur comme un fil de plomb, les yeux de tante Agnes, le nez de son grand-père, mes cheveux à moi, sa grand-mère, les cheveux de ma jeunesse à moi, là, sur la tête de mon garçon, en masse blonde sur sa tête dure... Stevens, mon petit Stevens...

Elle m'a examiné, trait par trait. Un portrait qu'on regarde à la loupe. Un profond soupir. L'excitation de ma grand-mère tombe, se résorbe doucement dans ce soupir, pareil à un grand vent qui s'apaise tout d'un coup, ayant épuisé sa force et son élan. Tout bas maintenant, en serrant les dents, elle affirme que je ne suis pas plus fiable que mon grand-père et que tous les hommes sont des cochons.

Le thé de ma grand-mère est noir comme de l'encre, âcre sur la langue, longtemps après qu'on l'a avalé. Elle me parle de mes cousines Nora et Olivia. J'apprends que trois hommes jaloux gardent Olivia dans une grande maison avec une galerie de bois ouvragé tout le tour. Depuis la mort de sa mère elle n'a jamais été moins libre, malgré ses dix-sept ans, un père et deux frères à nourrir, blanchir, repasser et repriser, sa mère mourante lui ayant fait promettre de les bien soigner, tous les trois, et d'être parfaitement obéissante.

Ma grand-mère me recommande de bien m'essuyer les pieds, la prochaine fois que je viendrai la voir.

Ma grand-mère a toujours préféré les filles.

19 juillet.

Trois heures de l'après-midi. La mer luit comme du fer-blanc au soleil, éclate dans nos yeux. Une sorte de torpeur engourdit la campagne. Le vent se couche au soleil, se réveille parfois et gronde sourdement, puis se couche à nouveau, de tout son long, dans les champs et sur la mer. Les cris des oiseaux, comme apaisés et repus, reprennent de-ci de-là, sans grande conviction.

Depuis un moment déjà je regarde la maison d'Olivia comme si elle était transparente, j'imagine la vie d'Olivia là-dedans, je lui fais monter et descendre l'escalier à volonté, je la vois mettre ses bas et coudre, parfaitement occupée, durant de longues heures, son bras et sa main calmes tirant l'aiguille et le fil interminablement.

Je suis là, planté comme un piquet de clôture, devant la maison d'Olivia, au grand soleil qui m'aveugle. Je sais qu'un des frères d'Olivia, celui qui est garde-côte, dort à l'étage, épuisé, après une nuit de poursuite effrénée sur son bateau. Il doit dormir comme un mort. Seule sa barbe vit encore et lui noircit le visage.

Le vent souffle sans arrêt, à présent. Les champs sont striés par le vent en des moutonnements incessants de foin et d'avoine folle. Je marche dans le vent qui amortit le bruit de mes pas. Me voici sur le perron de la cuisine, contre le moustiquaire de la porte. Olivia repasse une chemise d'homme, sur une planche, posée entre deux chaises. Ses gestes précis et sûrs. Sa robe courte, d'un bleu délavé. Elle ne m'a pas encore aperçu et c'est comme si le vent étrange et lent la traversait toute, dans l'épaisseur de sa vie la plus

76

secrète. Ouverte aux quatre vents, cette fille est ouverte aux quatre vents, je n'aurai qu'à paraître pour... A deux reprises elle jette un regard par-dessus son épaule, comme quelqu'un qui n'est pas tranquille. Ainsi l'oiseau, au sommet de l'arbre, lorsque le chat, caché en bas, dans les feuillages, ébranle tout le tronc de ses griffes encore invisibles.

La charpente craque dans la maison, pareille à une coque de bateau, en pleine tempête. Le vent siffle sous les portes des chambres fermées. Olivia est de plus en plus alertée par le vent. On marche sur la galerie ? Des pas sur la terre et dans l'herbe autour de la maison ? Des yeux dans les fenêtres ? Quelqu'un bouge dans le grenier. Ce n'est que l'imagination de ma cousine Olivia qui la travaille, tandis que moi apparaissant et disparaissant, tour à tour, derrière le grillage de la porte, je la regarde et je la sens, toute chaude, et vivante à deux pas de moi. Tout d'un coup je suis là, dans l'œil bleu d'Olivia qui contemple la porte d'un air effaré. Je réponds de mon image peu rassurante, collée au grillage. Long et dégingandé, le chapeau sur les yeux, je l'appelle par son nom.

Hey Olivia ! Salut Olivia Atkins ! Hey !

Ses yeux effarés, trop grands ouverts, trop bleus, me semble-t-il. Elle m'appelle « monsieur » et elle me demande ce que je veux, sans quitter sa planche à repasser, comme si cette planche à repasser était une barrière nécessaire entre nous, quoique la porte soit encore fermée et moi derrière avec ma figure déformée par le mousti-quaire. Je ris. Mon rire passe par les petits trous du grillage, se brise en mille éclats sur le plancher de la cuisine, aux pieds d'Olivia qui se recule comme si un serpent se débattait là, à la pointe de ses souliers. D'une voix à peine perceptible elle me prévient que son frère Patrick est en haut.

— C'est toi, Olivia Atkins, que je veux voir, pas ton frère. Je suis ton cousin Stevens.

Ma cousine Olivia n'a pas l'air de comprendre. Elle reste là, les bras ballants, derrière sa planche à repasser, sans bouger, sans même respirer, pourrait-on croire.

— Tu veux pas me laisser entrer ?

Olivia se durcit de plus en plus, se change en statue de pierre, derrière sa planche à repasser. Je suis sûr qu'elle doit penser à son frère en haut, l'appeler au secours de toute la force de son âme.

— Tu veux pas me laisser entrer ?

— Dites-moi tout de suite ce que vous voulez. C'est pas la peine d'entrer.

Je ris plus fort.

— Ce que je veux te dire, comme ça, dans la porte, avec ce vent, t'es pas folle ?

— Je suis pressée.

Elle retourne à son repassage, à petits coups précipités, sans même s'apercevoir de ce qu'elle fait.

— Je voudrais te parler. Laisse-moi entrer.

Une odeur de linge roussi, une petite fumée. Olivia vient de brûler un poignet de chemise.

— Laissez-moi tranquille. Je vas tout brûler.

— C'est parce que je suis habillé en tramp que tu veux pas me laisser entrer ?

Olivia laisse tomber par terre la chemise blanche qu'elle tenait à la main.

La voici maintenant qui s'approche de la porte résolument. Désirant en finir, une fois pour toutes, sans doute.

Elle m'examine attentivement comme si c'était un devoir de me regarder et de bien me voir. Depuis le temps que je suis là, écrasé contre le grillage. Je me fige sous son regard. C'est étrange de pouvoir la regarder de si près et d'être regardé par elle. Si seulement je ris, une fois, une seule fois encore, ma figure peut éclater en miettes, sous l'œil violet d'Olivia, et je serai perdu. On dirait qu'elle ne peut plus fermer les yeux à présent. C'est moi qui détourne la tête le premier. Cette fille est trop belle, il faudrait lui tordre le cou tout de suite, avant que... Je balbutie.

— Je t'ai vue, l'autre matin, toute mouillée, au sortir de l'eau, avec des longs cheveux pendants.

Juste à ce moment Patrick est descendu en s'étirant les bras au-dessus de la tête. Il m'a invité à entrer. Il m'a fait boire de l'alcool de contrebande, tandis qu'Olivia penchait à nouveau son étonnant visage sur son fer à repasser.

Certaine phrase a-t-elle été vraiment dite par Olivia quand je suis passé près d'elle, dans l'odeur du linge chaud, ou l'ai-je imaginée tant je croyais la deviner cette phrase dans tout son corps contracté et effrayé ?

— Toi, mon cousin Stevens, je t'ai reconnu tout de suite, entre dix mille je t'aurais reconnu, mais tu n'es pas bon et il ne fallait pas te laisser entrer.

Olivia a repassé six chemises blanches. Patrick et moi avons vidé la bouteille d'alcool.

23 juillet.

Etre quelqu'un d'autre. Ne plus être Stevens Brown, fils de John Brown et de Bea Jones. Il n'est peut-être pas trop tard pour changer de peau définitivement, de haut en bas et de long en large. M'abandonner moi-même sur le bord de la route, vieille défroque jetée dans le fossé, l'âme fraîche qui mue au soleil et recommence à zéro. Ne pas laisser la suite de mon histoire à Griffin Creek se dérouler jusqu'au bout. Fuir avant que... Une telle excitation dans tout mon corps, une rage inexplicable. Il y a trop de femmes dans ce village, trop de femmes en chaleur et d'enfants perverses qui s'attachent à mes pas. Je visite la parenté et je vais de l'une à l'autre. Des femmes. Toujours des femmes. Il ne s'agit plus de cette vieille Maureen ou de la petite Nora. Olivia est plus coriace, résistante dans sa peur de moi, sa peur de ce qui peut lui venir de moi, de mon corps sauvage, de mon cœur mauvais. Cette fille est déchirée entre sa peur de moi et son attirance de moi. Je l'ai vue dans sa maison transparente, sa robe arrachée, son cœur tout nu qui se débat. Tu sais bien que j'ai un pouvoir pour sentir les autres, vivre et me mettre à leur place. Mais je te jure qu'en ce point précis de ma vie je désire plus que tout au monde épuiser mon pouvoir d'un coup et devenir, sans retour, un homme nouveau qui prend ses cliques et ses claques et disparaît à l'horizon. La sagesse d'Olivia. Sa crainte de moi. Les gardiens d'Olivia. Un vague bruit de chaînes remuées à chacun de ses gestes. Tout m'attire et me retient ici. Je mesure ma marge de liberté, comme une femme qui a pris sa couture trop au bord et qui voit son tissu s'effilocher, entre ses doigts. Le père d'Olivia. Les frères d'Olivia. Leurs yeux blancs, leur barbe hirsute, leurs fusils de chasse. Moi en face d'eux, tout seul, forcené et joyeux.

Au sortir de chez Olivia, la petite Nora m'attendait, au

bord de la route. Silhouette frêle et têtue, plantée bien en terre, dans un tourbillon de vent. Le bruit des vagues, leur moutonnement fracassant à perte de vue. Le ciel couleur de soufre.

Sans bouger, sans même me regarder, ses souliers gris de sable, ses cheveux ébouriffés, elle me parle de sa cousine Olivia. Espérant voir Nora briller de colère sur le chemin, je lui réponds que sa cousine Olivia est très belle. Nora ne bronche pas. Elle parle d'une petite voix égale, sans inflexion, comme si elle récitait une leçon.

— Ça dépend des goûts. Moi, je trouve qu'elle est pas si belle que ça. Elle a un défaut au pied droit. Un orteil qui est collé à l'autre par une petite peau, comme un canard. C'est écœurant ça.

— C'est parce que t'es jalouse que tu dis ça ?

— Moi, jalouse d'Olivia ! Tu veux m'insulter !

Elle a l'air de prendre racine dans la poussière. Ses dents blanches, ses pommettes rouges, comme si elle avait la fièvre. D'une détente brusque de tout son corps, dans un flamboiement de crinière, Nora bondit sur la route. S'éloigne en courant. Me jette en courant des mots de colère qui s'émoussent dans l'espace et le vent, avec le bruit léger de ses running shoes.

— Toi, mon cousin Stevens, je te déteste !

Je ris. Tout seul sur la route déserte.

25 juillet.

Tu me croiras, si tu veux, old Mic, mais j'ai éprouvé une sorte de dépit à la pensée du pied palmé d'Olivia. Une si parfaite créature, comment cela est-il possible ? J'aurais dû la faire déchausser, lui examiner le pied, comme on fait pour un cheval. A qui se fier si la Beauté elle-même cache un défaut dans sa chaussure ? Cette fille n'est qu'une hypocrite. Ni plus belle ni plus sage que les autres. Une sainte nitouche. Les démasquer toutes. Leur faire sortir l'unique vérité de leur petit derrière prétentieux. Débarrassées des oripeaux, réduites au seul désir, humides et chaudes, les aligner devant soi, en un seul troupeau bêlant. Maureen, la petite Nora, Olivia sans doute. J'ai tout mon temps.

Histoire d'un été plutôt que lettres véritables puisque le destinataire ne répond jamais. Tu m'avais bien prévenu avant mon départ. Tu détestes écrire. C'est égal, ton silence me gêne pour continuer. J'ai l'impression d'écrire devant un miroir qui me renvoie aussitôt mes pattes de mouches inversées, illisibles. Envie de tout brûler avant de mettre mes lettres à la poste. Il faut pourtant que je te dise la suite.

Pour le moment je me rapproche de plus en plus de mes parents, toute la journée je joue à je brûle et je gèle, en pensant à eux. C'est à cause de mon petit frère Perceval que je suis à la trace, un peu comme si en mettant mes pas dans les siens sur le sable mouillé, je retrouvais mes propres empreintes d'enfance.

Depuis la veille au soir le brouillard couvre le pays. Les cornes de brume se font entendre, de-ci de-là, dans le lointain, pour la plus grande émotion de Perceval qui aime ces sons étranges, venus d'il ne sait où. Il bat des mains et ses yeux sont pleins de larmes. On voit bien que les cornes de brume l'enchantent et le désespèrent à la fois. Ainsi,

82

petit garçon, autrefois, je m'imprégnais de brume et de mélancolie.

Par moments la nuée épaisse et blanche s'effiloche et découvre le haut d'un mât qui semble filer tout seul sur la mer, séparé de son bateau décapité, suspendu dans l'air cotonneux.

Toute la journée Perceval joue à se perdre dans le brouillard et je joue à me perdre avec mon frère. Maisons, granges, vaches, chevaux, bidons de lait s'égarent à volonté. Mais le plus risqué pour Perceval c'est d'essayer de perdre ses père et mère. Il a beau courir à perdre haleine sur la grève, entre ciel et terre, goûter l'embrun salé sur ses lèvres, se laisser envahir par le brouillard, l'avaler par tous les pores de sa peau, s'en emplir les yeux, le nez, les oreilles et la bouche, il ne réussit jamais à échapper à la vigilance de ses parents. Des voix que je connais, des mots déjà entendus, l'atteignent, lancés comme des flèches.

— Percy par ici. — Percy par là. — Percy l'heure c'est l'heure. — L'heure des vaches. La traite. Le seau. Les bidons. — Percy ! A ras bord, Percy. — Attention ! — Y faut faire attention. — Y faut pas courir surtout.

Les voix sifflent maintenant autour de ma tête comme autrefois.

— Attention ! Attention !

Il court, brinquebalant un seau plein de lait qui lui éclabousse les jambes. Il est plein de vapeur blanche, comme un train en marche, un cheval au galop les naseaux fumants, du moins il le croit et court, de plus en plus fort. Bientôt il sera tout à fait hors de la portée de ses parents, camouflé de brume tel un petit poulpe dans son encre. En réalité il n'a pas dépassé le coin de la laiterie de planches grises, aux murs épais, doubles et triples, séparés entre eux par de la moulée de scie.

Perceval n'a pas vu venir la gifle et ne peut l'éviter. Une goutte de sang perle au bout de son nez et tombe sur sa chemise à carreaux. La tête bourdonnante il contemple avec égarement la goutte de sang sur sa chemise et la grande flaque de lait répandue à ses pieds, sur le sable. Un homme voûté et long que je connais bien s'éloigne vertigineusement dans la brume. Une voix qui n'a pas changé hurle.

— Va-t'en mon petit maudit ! Je veux pus te voir la face !

Assis par terre, contre la laiterie, Perceval s'efforce de ne pas bouger et d'avaler le sang qui lui dégouline dans la gorge.

Ma voix, très haut au-dessus de Perceval, se retenant d'éclater. Une sorte de douceur sourde qui m'échappe.

— Moi aussi j'ai eu mes peines quand j'étais petit.

Ma main rude et maladroite fourrage dans la tignasse de Perceval. Il lève la tête et me reconnaît, moi qui suis devant lui, debout, les jambes écartées, la tête se perdant dans le brouillard, lui petit tas de malheur assis par terre, appuyé contre le mur de planches grises.

— Va, tu t'en sentiras pas le jour de tes noces.

Pour le distraire je lui montre un couteau à cran d'arrêt que j'ai dans un étui de cuir, pendu à ma ceinture. Je lui explique qu'en Floride j'ai déjà pelé des serpents à sonnettes avec ce couteau, comme on épluche des bananes.

— Tu viens avec moi, Perceval, on va courir le monde ensemble ?

Il fait non de la tête, tristement, sans me regarder, l'œil

vague et grand ouvert, dans l'attente des larmes qui ne viennent pas.

Deux petites filles de taille identique avec des nattes de longueur et d'épaisseur égales, couleur paille, viennent de surgir de chaque côté de Perceval pour l'encadrer et le défendre.

Mon frère Perceval pleure maintenant à gros sanglots. Mes deux sœurs jumelles que je croyais encore au berceau, piaulant comme un nid de chouettes épervières, mouchent Perceval et lui essuient les yeux avec un torchon de cuisine.

28 juillet.

L'ombre de mes parents est de plus en plus proche de moi. Le soir, lorsque je m'endors dans la grange de Maureen, j'entends la grande ombre double qui chuchote derrière la mince cloison. Il est question d'enfants qui ne doivent pas naître et d'enfants déjà nés qu'il faut perdre en forêt, avant qu'ils ne soient trop grands. Je préviendrai Perceval et les jumelles. Je les emmènerai tous avec moi dans un camion rouge-pompier-brillant, toutes sirènes hurlantes. Nous traverserons en cet équipage l'Amérique, d'un seul tenant, de bout en bout, jusqu'aux plantations d'orangers que tu connais bien. Mais rassure-toi, old Mic, je rêve. Tu n'as pas à craindre l'invasion de ma famille. Tout ce joli monde est unique et pas transportable.

Etre quelqu'un d'autre, quelle idée est-ce là qui me poursuit toujours. Organiser les souvenirs, disposer les images, me dédoubler franchement, tout en restant moi-même. Pouvoir témoigner de ma vie passée, sans danger, sans être obligé d'y rentrer à nouveau et dire : Voilà c'est moi, Stevens Brown, fils de John Brown et de Beatrice Jones. Une sorte de jeu dont on peut se retirer à volonté.

Inutile de me leurrer. La mémoire résonne dans tout mon corps, rumeur vivante en ondes sonores, vibre jusqu'au bout de mes ongles. Ce soir, une sensation de froid me pénètre peu à peu, à mesure que je surveille la nuit entre les fentes de la grange et la grande ombre double au-delà des ténèbres. La nuit fraîche n'explique rien du tout. Ce froid vient d'ailleurs, des profondeurs confuses de la naissance, du premier attouchement des mains glacées de ma mère sur mon corps d'enfant.

Cette femme a une très mauvaise circulation, dit le Dr Hopkins. Elle dégage du froid comme d'autres de la chaleur. C'est encore étonnant qu'elle puisse mettre au monde des enfants vivants, sortis d'un ventre aussi polaire, on aurait pu croire que seuls des cadavres d'enfants... Ces deux-là sont bien vivantes. Deux d'un coup c'est trop, dit-elle. Elle pleure et affirme qu'elle ne veut pas de ces deux enfants. Elle répète « mes jumelles », une dans chaque bras. Un frisson lui parcourt l'échine. Elle secoue la tête.

— Je peux pas, je peux pas, je peux pas.

Je ferme les yeux. Qu'est-ce qu'on va faire des jumelles, les noyer comme des petits chats, les donner aux cochons peut-être, ou les perdre dans le bois ? Je quitte la chambre en courant. Quand je reviens, sur la pointe des pieds, je constate que rien n'a encore été fait. Les deux jumelles sont toujours là, accrochées, à tour de rôle, au sein de ma mère, blafarde et effarée, regorgeante de lait, pareille à une fontaine glacée. Toute la chambre s'en ressent de cette source de froid, installée sur le grand lit, avec deux nouveau-nés qui s'égosillent. Et moi, dans mon coin, je prends en glace, comme un bonhomme de neige. J'entends ma propre voix, petit filon encore liquide, à l'intérieur de la glace. Et moi et moi et moi... C'est pas le lait tout cru qu'elle m'a donné, Beatrice ma mère, c'est la faim et la soif. Le désir. Je dois hurler aussi fort que Perceval pour que mon père me chasse, à coups de pied, de la chambre froide.

Cet homme, étroit d'épaules et de poitrine, long, mince et voûté, n'est qu'une ombre après tout, pourquoi m'en offusquer ? Seule la colère fait parfois briller et tonner l'ombre de mon père. J'attire la foudre tel un arbre mouillé, dressé en plein champ. John Brown doit avoir de bonnes raisons pour cogner si fort sur la tête de son fils, sur le dos de son fils, sur les fesses de son fils, dès que l'occasion se présente. Il le fait consciencieusement comme s'il s'agissait d'extirper du corps de l'enfant la racine même de la puissance mauvaise, lâchée dans toute la maison, depuis les premiers jours du monde.

T'ai-je déjà raconté tout ça en détail, brother, lors de nos longues soirées Gulf View Boulevard ? Ai-je déjà essayé de t'expliquer mes père et mère ? Tentative effrénée et vaine de compréhension filiale. Simplifier mes parents à l'extrême, les rendre clairs comme de l'eau de roche, méchants par force, eux-mêmes soumis à la force.

2 août.

Le très court espace d'un été. Moins que trois mois pour semer, croître et moissonner. Moins que trois mois pour devenir homme et femme, vivre et mourir. Je pense à Nora et à Olivia qui sont vierges. Bientôt on les mariera et on les engrossera. La terre d'ici est ingrate mais quand elle s'y met, ardente et violente, pressée de s'accomplir, avant qu'il ne soit trop tard. Ces gens-là sont pauvres comme sel, mais ils ne le savent pas. Confrontés à rien d'autre que leur existence quotidienne, ils n'ont aucune imagination, aucun moyen de comparaison. La mer et la forêt leur appartiennent, ils en tirent joie et nourriture tandis que leur vie profonde demeure farouche et incommunicable.

Je pense de plus en plus à Nora et à Olivia alors que je suis de passage au pays, bientôt les petites Atkins m'échapperont tout à fait, basculeront très vite de l'autre côté du monde. Mariées, enceintes, la jolie peau de leur joli ventre distendue, leur jolie poitrine pleine de lait, elles seront livrées aux rancœurs des femmes, cachées dans leurs maisons fermées. Ce que je déteste le monde feutré des femmes, leurs revendications chuchotées entre elles, à longueur de journée, l'été surtout, lorsque la plupart des hommes sont en mer, ou dans les champs. Il n'y a que mon oncle Nicolas pour les calmer et leur faire entendre raison. Au nom de Dieu et de la loi de l'Eglise qui sait remettre les femmes à leur place.

Encore un peu de temps et vous me verrez, encore un peu de temps et vous ne me verrez plus. Rien à faire

88

pour éviter la comparaison, trop de lectures bibliques, dans
mon enfance sans doute, si quelqu'un ressemble au Christ
dans ce village, c'est bien moi, Stevens Brown. Non tant à
cause de la barbe de trois jours et du chapeau, enfoncé sur
les yeux, mais plutôt à cause de mon état de passage à
Griffin Creek. Encore un peu de temps et je disparaîtrai
comme je suis venu. Le 1er septembre, c'est décidé, je
reprends la route. Direction Floride. Ça durera ce que ça
durera. Je suis patient. Tous les moyens de transport
gratuits sont bons. Je finirai bien par mettre pied sur une
route plate, entre deux plantations d'orangers, à perte de
vue, plates comme la route et le soleil étale. Et tu seras là,
brother, avec ton sourire ridé, des oranges plein les mains
et ton amitié, si tu es toujours d'accord ? Sauvé, je serai
sauvé. Mais avant il faut que j'aille dire bonjour à mes
parents et je n'aurai plus rien à faire ici. Le temps presse.
Déjà les épilobes sont en fleur, le long des fossés, en
bordure des champs. La vive couleur rose, répandue à
foison, déferle sur la campagne, dans la lumière qui n'est
plus tout à fait celle de l'été.

6 août.

La vibration du soleil ici est très grande à cause de la
mer qui renvoie toute la lumière, en longs faisceaux,
sur les champs, les gros et les petits mornes et la forêt à
deux pas, vaste réserve de gibier et d'odeurs. Des sentiers rouges, recouverts d'aiguilles de pin. Des sentiers
tachés de jaune que les mélèzes ont saupoudrés d'or mat
et triste.

Les aiguilles et les feuilles mortes crissent sous les pas de ma cousine Nora qui me suit à distance, dans le bois, en se cachant de-ci de-là, derrière les arbres, au creux des buissons. Je ne tourne pas la tête, mais je sais qu'elle est là, tout près, qui s'obstine à me suivre, avec son envie de moi qui la tient. Son entêtement m'enchante. Je sécrète à mesure, dans mes veines, un entêtement parallèle, aussi alerte et dru que le sien.

Je la refuse avec autant de véhémence qu'elle me désire. Epreuve de force. Il en a toujours été ainsi, je crois, chaque fois qu'une fille me fait des avances. Il faudrait les mettre au pas, toutes. Le dressage de cette vieille Maureen est déjà commencé. Je la fais de plus en plus jeûner. Je lui dis qu'elle est vieille et que je la quitterai bientôt.

Je fais volte-face. Appuyé contre un arbre je regarde venir la petite Nora, sous l'ombre des arbres. Elle s'arrête et me regarde avec des yeux de lièvre, surpris par le chasseur. Je lui parle, un peu trop haut, un peu trop fort.

— Qu'est-ce que tu fais là ? Pourquoi me suis-tu à la trace ?

Je crois qu'elle prononce mon nom « Stevens », si bas que mon nom, à peine sorti de sa bouche, a déjà l'air d'appartenir à la multitude des sons confus qui existent dans la forêt. Dans un autre lieu le silence serait déjà tombé entre nous, comme un couteau, mais le silence est impossible ici à cause de la rumeur vivante tout autour. Je ne bouge pas. Je la regarde venir. J'attends qu'elle se décide. Un long moment elle demeure immobile, comme vacillante, dans sa robe verte et ses cheveux d'un roux brûlé. Je crois qu'elle répète « Stevens », ainsi qu'une plainte, à moitié ravalée. Voici qu'elle s'avance, à petits pas, dans les feuilles mortes

90

et les fardoches. Ce serait facile de la renverser sur un tapis d'humus, et de se fondre avec elle dans l'odeur forte de la terre, facile de faire avec elle ce qu'aucun autre homme n'a encore fait avec elle, la délivrer de cette première fois, si importante chez les filles, afin de lui permettre désormais d'accueillir tous les garçons qui en auraient envie, facile de forniquer avec elle et de la renvoyer chez ses père et mère, mes oncle et tante, avec un petit filet de sang entre les cuisses.

Je la laisse s'approcher tout près. J'écoute son souffle précipité, je compte ses taches de rousseur, j'admire la longueur de ses cils. Ses yeux baissés, sa bouche gonflée, son attente perceptible dans tout son corps frêle, à deux pas de moi. Je devine, plutôt que je ne le lis sur ses lèvres, mon nom prononcé pour la troisième fois, « Stevens ». Je crois aussi qu'elle me supplie de l'embrasser. Je l'embrasse aussitôt, du bout des lèvres, sur les deux joues, d'un air tanné, comme s'il fallait que j'établisse clairement le genre de relation qui doit exister entre nous. Je lui parle comme à un enfant que l'on met en garde.

— Il ne faut pas faire ce que tu pourrais regretter.

Elle se fige et se glace. Un instant on pourrait la croire absente, à l'abri de son visage impassible, tout occupée au plus profond d'elle-même à recevoir l'insulte, à l'avaler comme une potion amère. Peu à peu ses yeux deviennent brillants, les larmes viennent lentement, noient son regard, glissent sur ses joues. Cela me plaît assez. Mais là où j'atteins tout mon fun, c'est lorsque je la vois flamber de colère. A fureur égale comme tu me plais, ma petite cousine, et comme j'aimerais te prendre, dans ce bois profond. Elle me traite de « maudit Christ » et de

« bâtard », elle cherche un autre mot qu'elle ne connaît pas encore et m'appelle « garçon manqué ». Je n'essaie pourtant pas de la retenir sur le sentier où elle s'éloigne en boitillant sur les souches et les branches mortes.

9 août.

C'est décidé, j'irai voir mes parents, ce soir même. J'ai emprunté à Maureen les habits de son défunt qu'elle a sortis de la naphtaline. Il a fallu rallonger le bas du pantalon et les manches de la veste. Je me suis rasé de près et Maureen m'a coupé les cheveux avec ses grands ciseaux à couture. Ça me fait une drôle de ligne blanche sur le cou, entre les cheveux et la peau hâlée. Je peux voir dans la glace la ligne blanche et les coups de ciseau de Maureen, visibles dans mes cheveux, grappillés, par-ci par-là. Maureen a de la chance car au lieu de me fâcher j'éclate de rire. Mais là où les choses se gâtent tout à fait entre nous, c'est lorsque je lui fais part de mon intention de garder mon chapeau sur ma tête, durant toute la soirée, chez mes parents. Endimanché comme je suis, avec un costume d'homme et un chapeau d'homme, je ne suis pas pour me découvrir devant mes parents pareil à un enfant tout nu qui penche la tête et attend sa punition. Je les domine à présent de toute ma taille d'homme, de tous mes habits d'homme, de tout mon chapeau d'homme, de toutes mes bottes d'homme, et il faut qu'ils le sachent. La visite que je leur fais, ce soir, est une visite officielle, en costume officiel, mon costume d'homme officiel, un peu comme un militaire avec ses boutons dorés et ses épaulettes, ou un pasteur avec son col de clergyman.

Le moins qu'on puisse dire, c'est que ces grands messieurs n'enlèvent pas les insignes de leur état en mettant le pied chez leurs parents. Maureen n'est pas convaincue, mais plutôt incrédule et navrée. Ma dernière raison je la lui donne, juste avant de passer le seuil de la porte, un peu à la légère, comme si ça n'avait pas tellement d'importance.

— Et puis, rapport à mon chapeau, je crois que ça va les faire enrager.

Me voici avec eux dans le petit salon réservé aux visiteurs. Nous buvons de la bière. Nous essayons de faire la conversation, assis sur de petites chaises incommodes, les pieds sur la catalogne, les mains à plat sur les genoux. Mais le temps ne passe pas entre nous, s'éternise et s'alourdit. On dirait qu'une présence invisible grandit dans l'ombre, prend tout l'air autour de nous, peu à peu nous empêche de respirer. La scène est là, dans la cuisine, tout à côté, qui s'étale et reprend vie. Je n'aurais qu'à regarder par la porte ouverte pour apercevoir le linoléum vert et brun et les lignes blanches indiquant la position exacte des personnages. Ainsi font les policiers après un drame afin de bien délimiter l'emplacement des corps sur le sol. Pour Beatrice, ma mère, c'est facile à reconnaître car elle est debout, il n'y a que la marque de ses semelles par terre. Les deux autres corps sont au sol, emmêlés et confondus, figés au moment de leur bataille, dans leurs gestes de bataille et de haine. Des cris et des grognements, des râles pétrifiés au moment de leur éructation persistent, dans une éternelle, muette grimace.

Nous buvons à petites gorgées. Plus un seul mot n'est possible entre nous. La présence envahissante respire derrière la cloison de la cuisine. Tintements de verres, passage de la bière, du verre à nos bouches, claquements de langue, tous ces petits bruits s'étiolent dans l'air épais. Un certain moment de notre vie commune, à tous trois, est là, fixé à jamais. La fureur immobile comme un étang.

Le père a usé de son droit de correction et le fils s'est défendu. Ni vainqueur ni vaincu. Les deux protagonistes sont d'égale force. La mère a beau s'époumoner et les supplier de ne pas se battre, ils iront jusqu'à la limite de leur souffle. Sans soigner mes plaies et mes bosses, je suis parti et j'ai traversé l'Amérique, à la petite semaine. Il s'agissait de faire vite avant que le père ne reprenne ses esprits et ne prononce la sentence de malédiction.

Et nous sommes là, tous les trois, cinq ans après, assis sur nos petites chaises, guindés et bien élevés, tandis que John Brown mâchonne la sentence non prononcée contre son fils, la promène d'un côté à l'autre de sa bouche, entre ses dents, comme une chique.

Perceval et les jumelles font irruption dans la maison en criant, entrent dans la cuisine, passent en plein milieu de l'ombre lourde, étendue par terre, sans la voir, ni même la sentir, la traversent tel un nuage transparent, laissent éclater leur joie de me voir. Ils me font fête, tous les trois. Les bras de Pam autour de mon cou, j'étale ma richesse, mes trésors de bonté et de tendresse, sous le nez de mes parents.

John Brown me sert de nouveau à boire. Sa main tremble. J'ai vingt ans et je suis le plus fort.

15 août.

De jour en jour, la lumière change, s'achemine vers l'automne. Certains instants de fin d'été, dans ce paysage âpre, atteignent une plénitude incroyable, une précision folle. Chaque sapin noir, fouillé de lumière, ses moindres branches, ses aiguilles, détaché de ses voisins (eux-mêmes détachés et fouillés), rendu unique par la lumière qui le saisit à bras-le-corps, le presse et l'exprime, l'exalte sur le ciel d'un bleu cru, tandis que le bleu du ciel bascule sur la mer, à grandes foulées bleues, frangées de blanc. Au-dessus de la mer, entre la mer et le ciel, tendue comme une bâche remuante et vrombissante, une multitude d'oiseaux blancs, bruns, gris, aux cris assourdissants.

Des touffes d'herbes marines piquent à travers le sable, s'agitent dans le vent, saisies par des tourbillons incessants. Au creux des rochers rougeâtres des flaques d'eau dormante, vert olive, oubliées par la marée. Perceval se penche sur ces flaques, immobile, quasiment pétrifié d'attention. De temps en temps, d'un petit mouvement sec de sa grosse main enfantine, il empoigne un minuscule poisson, appelé queue de poêlon. Et moi, Stevens Brown, je regarde la mer, comme si je ne l'avais jamais vue. Dans cette eau qui moutonne, dont chaque vague moutonne et crépite, pareille à des balles de fusil, mille balles de fusil lâchées ensemble, une muraille crépitante qui se forme, monte, atteint son sommet, s'affaisse aussitôt, écumante sur le sable, mourante sur le sable, en un petit filet d'écume, tel un crachat blanc.

Je regarde ma cousine Olivia qui nage. Je ne l'ai pas reconnue tout de suite, je l'ai même prise pour son frère Patrick, car nager dans cette eau agitée, faire les mouvements qu'il faut, prendre la vague au moment où elle se forme, se laisser porter par elle, descendre dans son creux et recommencer, comme si on faisait partie de la pulsation de l'eau, son propre cœur accordé à l'énorme cœur marin en mouvement, relève d'une telle maîtrise de son corps que je n'en croyais pas ma cousine capable. Son frère Patrick qui aime commander lui a sans doute donné des leçons de natation.

Depuis le temps qu'elle se cache dans des occupations ménagères, séquestrée par trois hommes ombrageux, son corps magnifique gêné dans ses gestes les plus simples, par la peur d'être soi-même, belle et désirable, avouable et avouée, dans la lumière de l'été. Ce que je sais d'elle ? Quelques paroles échangées quelquefois en passant. Rien, moins que rien.

— Hello Olivia !
— Hello Stevens !
— Y fait beau à matin.
— Ben beau !

La même peur toujours, le même air farouche. Je ne m'appartiens pas, pense-t-elle. Je leur appartiens à eux mes frères, à mon père, aussi. A Dieu qui nous regarde. J'ai juré à ma mère mourante... Les bras d'Olivia voltigent au-dessus des framboisiers sauvages. Les fruits rouges aux reflets violets, entre les doigts d'Olivia. Les bras nus d'Olivia étendent des draps mouillés sur la corde à linge, derrière la maison de son père. Le vent fait claquer les draps comme des voiles de bateau. Les cheveux dorés

96

d'Olivia en mèches folles dans le vent. Sa robe blanche s'envole sur ses longues jambes nues. La peur en elle monte d'un cran lorsque je m'approche et que je la regarde fixement. Son cœur bat plus vite tel un oiséau au creux d'un poing fermé. Tant d'images d'elle amassées, tout le long de l'été. Sa peur délectable surtout. L'odeur musquée de sa peur.

Voici que ce matin cette fille est libre dans la mer comme si je n'existais pas, avec mon cœur mauvais, ni moi, ni personne. Seule au monde dans son eau natale.

Elle s'est assise sur un rocher, la tête penchée en avant, toute sa chevelure ramenée lui balayant le visage. Elle ne m'entend pas venir, mes pas confondus au fracas de l'eau. Je tente de la prendre dans mes bras, ruisselante et glacée, tout essoufflée, elle se débat comme un poisson fraîchement pêché, ses cheveux mouillés me passent sur la face en longues lanières froides. Je lui chuchote des propos galants un peu bizarres où il est question d'une sirène aux pieds palmés, dénoncée par Nora. Je demande à voir les pattes de canard de ma cousine Olivia.

Patrick, le maître nageur, ou Sidney, je ne sais plus au juste lequel des frères d'Olivia, celui-ci ou celui-là, ça n'a pas d'importance, tous deux obtus et gardiens de la vertu de leur sœur, voici qu'il en surgit un, de derrière les rochers, tel un Jack in the box, avec ses yeux outragés et ses gros poings serrés. J'en suis quitte pour une dent cassée, mais je crois bien que mon adversaire a une côte enfoncée, on l'entend râler dans le bruit des vagues, on dirait un marsouin hors de l'eau.

20 août.

Le soir du barn dance j'ai hésité longtemps avant de prendre part à la fête. Longtemps j'ai contemplé de loin la masse trapue de la grange, dans la nuit, avec ses petites fenêtres à peine éclairées par des lampes à l'huile. La musique des square dances s'échappait en rafales sonores, me picotait les bras et les jambes, montait le long de mon épine dorsale. J'ai fini par me décider à rentrer, une flasque de bagosse dans la poche arrière de mon pantalon, mon beau chapeau marron penché sur l'oreille, tout un air arrogant répandu sur moi, de la tête aux pieds.

Je me suis glissé comme une anguille parmi les danseurs. J'ai pris ma place dans la chaîne des hommes, j'ai salué ma compagnie, en face de moi, dans la chaîne des dames et j'ai fait semblant de ne pas reconnaître cette bonne vieille Maureen avec ses gros yeux bombés, pleins d'adoration compromettante. Le remous de mon arrivée s'est vite apaisé en petites ondes chuchotantes et la danse a tout emporté, pareille à une marée d'équinoxe. Crincrins et accordéon se déchaînent. Une portée de chiots sous le ventre de leur chienne de mère ne serait pas plus fraternelle, plus proche, plus chaude et plus mêlée que notre petit groupe de danseurs, dans la touffeur de la grange, sauf ma tante Irène qui joue au poisson mort, sur sa chaise, et nous regarde tourner tels des éphémères autour d'une lampe. Je touche la main d'Olivia, je touche la main de Nora, je vais de l'une à l'autre, j'effleure les doigts de ma grand-mère Felicity et de ma tante Yvonne, je passe de

98

main en main, j'éprouve au passage la présence chaude et douce des paumes rapides. La même forte odeur humaine s'échappe de tous et chacun, nous fume au visage, se mêle aux rires, se confond avec le parfum du foin mûr, derrière la cloison à claire-voie. Je fais swinguer Olivia, mon bras autour de sa taille. Elle est aussi libre et seule que l'autre jour, parmi les vagues, la danse la porte et l'entraîne dans une joie parfaite où je n'ai point part. L'envie me tient d'atteindre Olivia par ruse ou par violence, d'exister avec elle, au cœur même du cercle magique de sa danse, là où sa petite vie de danseuse est libre et sans défense.

Nora me boude. La voici qui écoute de tout près la voix de velours de mon oncle Nicolas qui lui parle du salut de son âme, sans doute. Son col de clergyman, son habit noir de clergyman, son autorité de clergyman. Le révérend est tout rouge et s'éponge le front avec son mouchoir. La fin de la soirée, au moment des sandwiches et des gâteaux, est gâchée par les hurlements de Perceval que nul ne peut apaiser. Ce que l'idiot a vu, il ne peut l'exprimer que par les larmes.

Le 31 août 1930.

Du train où vont les choses, les gens, les bêtes et le paysage, il fallait bien que vienne le dernier jour de l'été. Demain, je serai loin, séparé tout à fait de ce pays, des gens, des bêtes et des choses de ce pays, rendu à mon état d'homme libre, filant sur les routes, empruntant divers moyens de transport, sans que ça me coûte un sou (tous ces bons gros sous, gagnés au service de dame veuve Maureen

Macdonald, née Brown), une sorte de vagabond, en route vers la Floride, avec dans la tête une boussole précise et bien aimantée, pointée en direction des plages et des marécages de ta presqu'île natale, old Mic.

Ma cousine Maureen ne se doute de rien. Elle tricote tout près de moi, tandis que j'écris sur la table de la cuisine, recouverte d'une toile cirée glacée. Le talon est terminé. Maureen est en plein dans les diminutions du bout de pied. Elle aura certainement fini dans la soirée cette deuxième chaussette, la première étant déjà achevée, moelleuse et douce. Dès que j'aurai la paire en main, je la chausserai avec plaisir, avant d'enfiler mes bottes pour le voyage. Pourvu que cette bonne vieille Maureen ait terminé à temps. Je rêve de ces chaussettes de laine, plus que de tout au monde. Elle n'aura qu'à ne pas lâcher ses quatre aiguilles, au cliquetis léger, tant que durera la visite de Nora et d'Olivia. Les deux petites Atkins font des visites à présent. Elles seront bientôt ici. C'est Perceval qui nous l'a annoncé ce matin. Depuis hier déjà les trois hommes d'Olivia, désirant sans doute éprouver la sagesse d'Olivia, en ont profité pour quitter la maison familiale. Patrick, sa casquette de marin bien enfoncée sur ses yeux gris sale, vogue allégrement, le long des côtes, à la poursuite des contrebandiers. Pour ce qui est du père d'Olivia et de Sidney, son frère cadet, après avoir médité ensemble, tout l'été, toutes sortes d'affaires d'homme, l'achat d'une faucheuse et d'agrès de pêche, précisent-ils, ils se sont enfin décidés à partir pour Québec. Voici donc la précieuse Olivia Atkins confiée, avec force recommandations, aux parents de Nora, pour quelques jours.

J'aime savoir Olivia et Nora ensemble, dans la même

maison, partageant les mêmes occupations, s'asseyant à la même table, comme des sœurs, dormant dans le même lit, pareilles à deux capucines dans un bac de terre fraîche. J'aime pouvoir les renifler en rêve, toutes les deux, sous les draps, leur odeur de fille et de sœur. Laquelle des deux a les plus jolis seins ? Si leur âme légère était transparente, on m'y verrait me prélassant, en étranger de passage, désirant me coller à elles, pour les détruire sans doute.

Si la saison tire à sa fin, ça ne s'est pas produit tout d'un coup. Durant le mois d'août, entre deux soleils, il y a eu quelques avertissements de l'automne en marche, derrière la ligne d'horizon. Bien avant la tempête quelques petits signes nous ont été donnés. Tout d'abord un changement presque imperceptible de la lumière, puis de longues journées d'étoupe blanche et froide. Un brouillard à couper au couteau. Ma tante Irène en a profité pour se pendre dans la grange, derrière le presbytère. Cette femme n'a jamais eu l'air vivante, sa vraie nature étant d'être incolore, inodore et sans saveur, déjà morte depuis sa naissance. La pendaison n'y change pas grand-chose, sauf que mon oncle le pasteur ne peut plus la garder avec lui, dans sa maison, s'est empressé de l'enfouir sous terre, avec componction, semble-t-il, et les quelques oraisons de rigueur.

Mais il faut que je te parle de la tempête. Une belle grosse tempête de trois jours, comme je les aime. Rivières et ruisseaux débordés, ponts et maisons emportés, arbres cassés, grèves ravagées, quais arrachés. Les journaux ne parlent que de ça. Je garde le souvenir confus d'une sorte d'ivresse s'emparant de moi, peu à peu, à force de contempler la mer démontée, me réduisant au rôle d'un fétu de paille emporté par la fièvre, tandis qu'une espèce de

chant se formait dans mes veines en guise d'accompagnement à la fureur des éléments. Je passais presque tout
mon temps sur la grève. J'étais fou et libre comme le vent
et je soufflais par la bouche, par le nez, un grand souffle
vivace et fort semblable au vent. L'ivresse dont je te parle
n'avait rien à voir avec la dive bouteille, du moins pas au
début.

Une pluie torrentielle. Durant trois jours. L'eau n'entre
plus dans la terre. Le village s'est mis à flotter comme une
île à la dérive avec sa montagne, ses champs, ses maisons,
ses bâtiments désormais sans ancre, ni rien pour les retenir.
Je me suis mis cela dans la tête, de vivre la tempête jusqu'au
bout, le plus profondément possible, au cœur de son
épicentre, semblable à un fou que je suis, jouissant de la
fureur de la mer et m'y projetant, délivré de toute pesanteur, comme un bouchon de liège. Transi sur mon rocher,
dans mes vêtements mouillés, je m'égosille à crier, dans un
fracas d'enfer. Personne ne peut m'entendre et le cri rauque
qui s'échappe de ma gorge me fait du bien et me délivre
d'une excitation difficile à supporter. La mer déchaînée
déferle sur la grève, se heurte aux rochers, rejette une nuée
de cailloux et de bouts de bois, des débris de toutes sortes.
Je retourne me sécher, manger et dormir chez ma cousine
Maureen. A chaque apparition j'emprunte un nouveau
pantalon, une nouvelle chemise, dans la garde-robe du
défunt de cette bonne vieille Maureen, et je retourne à mon
poste, sur mon rocher. Maureen me crie que je suis fou et
que je vais attraper mon coup de mort. Rien à faire, il faut
que je pleure et que je hurle, dans la tempête, que je sois
transpercé jusqu'aux os par la pluie et l'embrun. J'y trouve
l'expression de ma vie, de ma violence la plus secrète.

102

A partir de quel moment ai-je eu l'idée d'aller chercher les deux petites Atkins pour les entraîner avec moi dans la tempête ? Je ne saurais dire. Déjà je m'étais mis à boire pour me réchauffer et aussi de crainte que ne retombe la grande exaltation qui me tenait si fort. Non seulement l'effet d'excitation extrême ne s'est pas émoussé, mais, à mesure que je buvais, j'y ai gagné une sorte d'attendrissement sur moi-même comme si je tenais dans mes mains mon cœur déraciné, sa pulsation chaude à découvert, tandis que la tempête faisait rage tout autour, sans entamer le mystère chaud de ma vie, encore intact.

La maison des parents de Nora, dans la nuit, la lueur orange des fenêtres allumées, sous des rafales de pluie. La terre et l'eau ne sont plus guère discernables l'une de l'autre. Une seule étendue d'eau à perte de vue. La maison des parents de Nora est amarrée en pleine mer. Je marche sur les eaux et je tangue dans le vent. J'atteins la porte de la cuisine et je cogne de toutes mes forces. A partir de cet instant je n'ai plus qu'une vision fragmentaire des choses et des gens. Par contre ces morceaux de choses et de gens prennent une importance excessive, une intensité extraordinaire, éclairés par des ampoules de plusieurs centaines de watts. Tout d'abord mes chaussures boueuses, posées sur le linoléum de la cuisine, les rigoles sales qui coulent de mes chaussures, la réprobation de toute la famille réunie, au sujet de mes chaussures sur le linoléum de la cuisine. Je ne vois pas leurs visages mais je sens leur réprobation à tous et à chacun qui tombe sur moi comme une masse. Je ne sais même pas si Nora et Olivia font partie de ceux-là assemblés dans la cuisine qui me jugent et me blâment. La voix haut perchée de ma tante Alice me dit de m'asseoir. La chaise de bois vient à ma rencontre par-derrière, se glisse sous mes fesses, le poids de mon corps s'effondre sur la chaise dure. On dirait que je pèse deux cents livres, ce soir. La table est là tout près et j'aimerais y laisser tomber mes bras à leur tour, pour m'en débarrasser, ne plus éprouver leur charge accrochée à mes épaules. Pour ce qui est de ma tête, il me semble qu'elle mûrit doucement, n'a pas encore atteint sa taille définitive, ni sa pesanteur réelle. Il n'y a qu'à attendre et, le moment venu, je déposerai ma tête sur la table, entre mes deux bras. J'appuierai mon visage sale sur le tapis de table, brodé au point de croix. J'ai beau être un homme, je distingue très bien les petites croix rouges et vertes qui ornent le tapis de table, comme si je le regardais à la loupe. Ce que j'ai à dire est difficile à dire et ma langue s'embrouille dans ma bouche. Je parle de la mer et de la tempête, de la beauté sauvage de la mer et de la tempête et je supplie Nora et Olivia de venir avec moi, sur la grève, dans la nuit noire, se perdre avec moi au milieu de la grande fête folle de l'orage. Je prononce plus ou moins distinctement leur nom à toutes les deux, mais je les tutoie comme une seule et même créature à deux têtes, quatre bras, quatre jambes et deux petits sexes cachés.

— Nora, Olivia, c'est toute beauté dehors, viens voir, Nora, Olivia, viens je t'emmène, the biggest show on earth, viens...

Ai-je vraiment aperçu le visage d'Olivia, son étonnement, sa tristesse plutôt, qui se fige au-dessus de moi, tandis que je m'écroule, tête la première, sur la table ? Le temps de sombrer dans le sommeil, la voix de Nora flotte dans l'air, s'abat sur ma tête, affirme que je suis un salaud et que j'ai bu comme un cochon. Mais je cherche en vain sa petite face pointue et son corps léger, emporté que je suis par les ténèbres.

Après cette histoire de la tempête il faut bien que je revienne à aujourd'hui qui est beau et clair. Il y a des gens, un peu partout, dans la province, qui réparent les dégâts de la tempête. La montagne de Griffin Creek est dure, lointaine, d'un bleu compact comme de la pierre, sans qu'on puisse soupçonner qu'elle soit faite d'une masse d'arbres verts. L'horizon, net et pur, sans rien qui dépasse et rayonne, strict dans la lumière de prime automne. Nous soupons ensemble, cette bonne vieille Maureen et moi. La dernière bouchée avalée, j'insiste pour qu'elle reprenne son tricot. Il est important que j'aie mes chaussettes demain à l'aube.

Un petit tour de bord de mer après souper. Rencontré Bob Allen sur le chemin. Venant à bicyclette de cap Sauvagine il traîne par ici, depuis quelques jours. Nous marchons ensemble, sans but apparent, alors que chacun de nos pas nous rapproche des petites Atkins. Bien que côte à côte, sur le bord de la route, sans échanger une parole, ni un regard, nous avons l'air de marcher l'un derrière l'autre, sur la crête d'un mur. Il s'agit d'avancer en droite ligne, chacun pour soi, vers cette ombre qui vient lentement, se fige par moments, repart en zigzags, se sépare en deux, se recolle en un seul morceau, de plus en plus net et précis. Les bérets blancs des filles font des taches claires dans la brunante. Bientôt le rire de Nora en cascade.

Nora rit trop fort. Evite de me regarder. N'a d'yeux que pour Bob Allen. Lève vers lui son visage rieur. Tous les quatre debout, en plein milieu du chemin. Tout d'abord une gêne entre nous, quoique bientôt mille petites choses heureuses, inexplicables, invisibles, s'échappent de nous, flottent dans l'air, s'affolent et pétillent, se mêlent à la rumeur des insectes, de chaque côté de la route. Il s'agit de faire durer l'espace devant nous jusque chez Maureen. Filles et garçons marchons à petits pas sonores, emplissons la campagne à pleins bords, de chaleur, de rires, de sons entrecoupés, de souffles vivants. Notre jeunesse, dans l'été qui s'achève, ne nous étonne pas plus que l'air marin que nous respirons.

Apparition des petites Atkins chez Maureen, avec des manières de filles endimanchées qui m'exaspèrent. Je préfère rester dehors et regarder la lune qui se lève. Tandis que Bob Allen s'éloigne, en direction de cap Sauvagine.

La plage est déserte, ma vieille chaloupe attachée à un pieu a l'air de glisser sur la mer brillante. J'entreprends de vider l'eau qui s'est amassée dans la chaloupe. Je me baigne dans les lueurs orange de la lune qui monte au ciel, gonflée comme un fruit mûr, plein de rayons. Mes mains, mes bras, mon dos, mon visage sont exposés, tour à tour, aux maléfices de la lune. Je me souviens de ce dicton qui affirme qu'un enfant qui dort dans la lumière de la lune risque un mauvais sort. Les jumelles, Perceval et moi avons dû séjourner un bon coup sous la lune, lorsque nous étions petits. Le sort jeté sur nous a fait trois innocents et un diable d'homme avec qui je dois vivre.

La mer clapote doucement, luit par longues traînées de feu. Mon frère Perceval est là qui se promène en agitant les bras. La lune l'excite, c'est certain. Je crains qu'il ne se mette à pleurer. Quant à mon oncle Nicolas, sa démarche sur le sable est celle d'un crabe qui ne sait où aller. Depuis la mort de sa femme il erre souvent sur la grève, de jour comme de nuit.

Dès que j'aurai fini de vider ma chaloupe, je prendrai le sentier qui mène à la route et j'attendrai que Nora et Olivia sortent de chez Maureen pour les saluer, au clair de lune, mon chapeau à la main, comme je ne l'ai jamais fait pour personne. Demain, lorsque cette bonne vieille Maureen se réveillera, je serai déjà loin, en route pour la Floride. Je ne verrai pas son visage froissé et ses gros yeux de vache triste. C'est mieux ainsi. Je dois demeurer léger, délesté de tout tracas et mauvaise conscience, pour entreprendre un aussi long voyage.

Je termine ma lettre, sur mes genoux, à la lumière de la lune, assis dans mon bateau. So long, old Mic.

LE LIVRE DE NORA ATKINS

été 1936

> rit à torrent et ventre à terre
> et à toute volée et à tire-d'aile et à flots
> et comme elle l'entend.
> *Hélène Cixous*

J'ai eu quinze ans hier, le 14 juillet. Je suis une fille de l'été, pleine de lueurs vives, de la tête aux pieds. Mon visage, mes bras, mes jambes, mon ventre avec sa petite fourrure rousse, mes aisselles rousses, mon odeur rousse, mes cheveux auburn, le cœur de mes os, la voix de mon silence, j'habite le soleil comme une seconde peau.

Des chants de coq passent à travers le rideau de cretonne, se brisent sur mon lit en éclats fauves. Le jour commence. La marée sera haute à six heures. Ma grand-mère a promis de venir me chercher avec ma cousine Olivia. L'eau sera si froide que je ne pourrai guère faire de mouvements. Tout juste le plaisir de me sentir exister, au plus vif de moi, au centre glacé des choses qui émergent de la nuit, s'étirent et bâillent, frissonnent et cherchent leur lumière et leur chaleur, à l'horizon.

Je me pelotonne dans mon lit. Des pépiements d'oiseaux tout autour de la maison. La forêt si proche. L'épinette bleue contre la fenêtre. Les petits yeux noirs, brillants, des merles et des grives pointent derrière les rideaux. Le jour commence. J'ai quinze ans depuis hier. Ma mère m'a embrassée comme au jour de l'An. Ma grand-mère m'a

111

offert une robe verte avec un petit col blanc en peau d'ange. Mon frère aîné qui est pilote pour la Cunard accostera demain à Québec, sur l'*Empress of Britain*. Il sera ici dimanche, au plus tard. Il a promis de m'apporter des fioles d'odeur et des savonnettes.

Je ressemble à un chat, l'œil à peine ouvert et déjà en possession de toute l'énergie du monde. D'un bond je saute à terre. J'éprouve sous mes pieds nus le doux du petit tapis et le lisse du plancher. Je fais le compte des gros nœuds et des petits nœuds sur la cloison de bois, je retrouve le lave-mains, avec sa cuvette bleue et ses serviettes blanches, les brocs pleins d'eau, alignés par terre, je respire le souffle léger de mes sœurs endormies, chacune dans son petit lit de fer, j'écoute le grenier tout entier bruire de respirations enfantines, à gauche les trois filles, à droite les trois garçons, entre eux cette mince cloison de planches. J'embrasse ma sœur, la plus petite, sans la réveiller, sa joue ronde, son odeur de pivoine fraîche.

Voici ma grand-mère et ma cousine Olivia qui m'attendent au bord de la route. J'attrape une pomme sur la table de la cuisine, je la croque en plein vent et je crache les pépins dans toutes les directions. Des vergers naîtront un peu partout sur mon passage, dans la campagne.

Felicity ma grand-mère se réveille de plus en plus tôt. Devançant l'aurore parfois, elle nous entraîne, Olivia et moi, en pleine noirceur, pour mieux voir venir la barre du jour. Avant que ne surgisse le moindre rayon à l'horizon, alors que la nuit n'est déjà plus tout à fait la nuit, devient blême et poisseuse, adhère à nos vêtements, son mufle glacé sur nos épaules, nous nous asseyons sur un rocher, ma grand-mère, Olivia et moi, serrées les unes contre les autres. En attente de la lumière. L'heure blafarde nous surprend comme une grappe d'algues visqueuses, collées au rocher, pénétrées jusqu'aux os de l'humeur même de la nuit.

Le premier reflet rose sur la mer grise, ma grand-mère prétend qu'il faut barboter dedans tout de suite et que c'est l'âme nouvelle du soleil qui se déploie sur les vagues.

Lorsque la marée haute se fait plus tardive et recouvre les grèves en plein jour, Felicity refuse obstinément de se baigner, redevient farouche et lointaine. Il s'agit de l'aimer à l'aube, lorsqu'elle se fait plus douce et tendre, délivrée d'un enchantement.

J'aime les journées blanches de chaleur, le ciel et l'eau se reflétant mutuellement, une fine buée tiède répandue partout, la batture molle, couleur d'huître, la trace des pas s'effaçant à mesure. La ligne d'horizon est insaisissable. Le premier jour du monde n'a pas encore eu lieu. C'est d'avant le partage de l'eau d'avec la terre. J'ai six ans et j'accompagne mon oncle John qui vient de relever ses filets à marée basse. Olivia et Perceval sont avec nous, dans la charrette. Le vieux cheval enfonce ses sabots dans la vase, les retire lourdement, dans un bouillonnement d'eau, réveillant à chaque pas une source endormie. Quelque part au loin le grondement sourd de la marée qui monte et nous suit en rangs pressés. Le visage de mon oncle John est maussade, comme d'habitude, impénétrable. Il ne semble craindre ni marée ni diable, à moins qu'il n'ait décidé de nous noyer tous avec le cheval et la charrette ? Les deux gros barils dans la charrette sont pleins de poissons qui frétillent encore, de grosses anguilles se débattent, agonisent, tout à côté de nous. Mon oncle John ne fait rien pour presser son cheval qui pose et retire lentement ses sabots avec un bruit mou. Il y a quelque chose de rassurant et de monotone dans le pas tranquille du cheval, son effort égal pour nous sortir de la vase, et le profil bougon de mon oncle John, sa silhouette voûtée, posée sur le ciel, têtu dans sa mauvaise humeur et sa certitude d'avoir raison.

La marée ne nous attaque pas de front, mais insidieusement, par en dessous, tout d'abord souterraine elle monte bientôt à la surface, clapote contre les roues de la charrette et les sabots du cheval. Il n'est que de suivre les jambes du cheval s'enfonçant pas à pas pour mesurer l'avance de la marée, sabots, paturons, boulets, jarrets disparaissent lentement. Le temps de remarquer la batture recouverte d'une mince pellicule d'eau frissonnante, à la jointure des vagues se rapprochant, et le cheval a de l'eau jusqu'au ventre. Mon oncle John est un sorcier. Il n'a qu'à brandir son fouet en direction de la terre et la terre se rapproche aussitôt. Griffin Creek tout entier surgit à la pointe du fouet de mon oncle John avec ses maisons blanches, posées de travers sur la côte. La maison de mes parents est la plus réconfortante de toutes, reconnaissable à sa galerie de bois ouvragé. Autour de nous l'eau se reforme, s'étend en largeur, en longueur et

114

en profondeur. La marée sera haute vers sept heures, ce soir. Dans une vieille charrette, traînée par un vieux cheval, conduite par un homme morose, Olivia, Perceval et moi émergeons de la haute mer, pareils à des créatures marines, porteuses de poissonnailles fraîches.

Nous pétrissons la glaise froide et mouillée dans nos mains pour en faire du pain. Olivia, Perceval et moi nous sommes des boulangers. Ma grand-mère est un dauphin. Ma mère et la mère d'Olivia sont des tricoteuses. Les voici sur la grève, à l'ombre du gros pin, qui font cliqueter les aiguilles et se dérouler la laine à l'infini. Leurs jupes amples débordent de partout et cachent presque complètement les pliants de toile. Sous les chapeaux de paille leurs visages se rapprochent, chuchotent des histoires de naissance et de mort. Si je pouvais les écouter, avec leurs silences, de place en place, je saurais tout ce qu'une femme doit savoir. Mais je suis trop petite encore et l'ombre de l'amour qui surgit dans les conversations des mères est secrète et redoutable.

Nous faisons du pain gris avec de la glaise et de l'eau de mer. Nos mains, nos bras, nos jambes sont pleins de longues coulées grises et froides. Les petits pains alignés sur une planche au soleil blanchissent et s'effritent. Perceval dit que c'est du crottin de cheval et qu'il va le jeter sur la route pour tromper les moineaux. Je proteste. Olivia proteste. S'ensuit une bataille rangée. Des mottes de boue sont lancées de part et d'autre, s'abattent sur nous, éclatent sur nous, dans un bruit flasque. Les mères sont debout avec leur chapeau

115

de paille, leurs aiguilles à tricoter et leurs pelotes de laine. Elles crient comme des perdues en agitant les bras. Des nuées d'oiseaux blancs tournoient au-dessus de leurs bras levés.

Ce n'est pas pour rien que je joue si souvent au bord de la mer. J'y suis née. C'est comme si je me cherchais moi-même dans le sable et l'eau. Faite du limon de la terre, comme Adam, et non sortie d'entre les côtes sèches d'Adam, première comme Adam, je suis moi, Nora Atkins, encore humide de ma naissance unique, avide de toute connaissance terrestre et marine. Dans une autre vie j'ai pu séjourner longtemps dans la mer, sans avoir besoin de respirer, les poumons pas encore dépliés, semblable à quelqu'un qui bloque sa respiration terrienne et se laisse aller aux délices de l'existence sous-marine. Mon cousin Patrick a beau me répéter : « Souffle dans l'eau et aspire hors de l'eau », jamais je n'apprendrai le crawl comme ma cousine Olivia. C'est trop compliqué. La divine aisance sous l'eau, mon corps, plein de mémoire, l'éprouve encore en rêve.

Mon cousin Perceval grandit et grossit à vue d'œil. Il devient un géant. Sa figure est celle d'un petit enfant qu'on aurait soufflée comme un ballon pour la faire grandir de force. Lorsque nous nous battons, il s'arrange pour me laisser gagner, « de crainte de m'écraser comme une mouche », dit-il. Ses mains pataudes cherchent ma peau sous ma robe. Ce matin lorsque je sortais de l'eau, en criant de froid, il m'a attrapée par les chevilles et jetée par terre, sur le sable. Le poids de son corps sur le mien, son souffle rauque, sa langue râpeuse sur mes joues pleines de sel. Je me débats comme un poisson hors de l'eau. Perceval lèche mon nez, mon cou, mes épaules nues. Mais voici ma grand-mère, de pied en cap, plus grande encore que Perceval, plus forte que Perceval, la puissance même de ce monde, dressée au-dessus de nous, qui commande et ordonne, tonne et foudroie.

Perceval se met à pleurer. J'essuie ma joue, mon nez, mes épaules comme si un gros chien avait essayé de me laper. C'est en regardant le visage bouffi de Perceval, la trace des larmes sur ses joues, que je remarque que mon cousin commence à avoir de la moustache. Je me mets à courir en direction de la maison de mes parents. Ma grand-mère me l'a d'ailleurs commandé, d'une voix sans réplique.

Il ne fallait pas le dire à mon oncle John. Mon oncle John est méchant. Ma grand-mère a tout raconté et mon oncle John a battu Perceval avec un fouet comme on bat un cheval. Pauvre Perceval, comment faire pour le consoler, sans me laisser manger par lui, à pleine langue, à belles dents, pareille à un petit agneau, entre ses pattes ?

J'aime les dimanches d'été lorsque la porte de l'église est ouverte à deux battants sur la campagne. Le chant des oiseaux, la rumeur des insectes se mêlent au chant des

117

hymnes, au son de l'harmonium. De grandes bouffées d'odeur pénètrent partout, comme des paquets de mer. La masse noire de mon oncle Nicolas est rassurante et autoritaire. Il parle de Dieu et des hommes et femmes de Griffin Creek qui doivent obéissance à Dieu et à lui, mon oncle Nicolas, représentant de Dieu à Griffin Creek.

Il pense « je suis l'oint du Seigneur », mais sa tête d'homme est rousse comme la mienne. Ses gestes onctueux sont ceux d'un homme en train de plaire aux gens de Griffin Creek et de se plaire à lui-même. La beauté de sa voix bouleverse plus qu'aucune prière. Les paroles du révérend Nicolas Jones sont prises dans la Bible, il s'en empare, les fait vibrer et chanter dans sa bouche d'homme vivant et charnel.

Et le Verbe s'est fait chair et Il a habité parmi nous.

Et moi aussi, Nora Atkins, je me suis faite chair et j'habite parmi eux, mes frères et mes cousins de Griffin Creek. Le Verbe en moi est sans parole prononcée, ou écrite, réduit à un murmure secret dans mes veines. Livrée aux métamorphoses de mon âge j'ai été roulée et pétrie par une eau saumâtre, mes seins sur mes côtes viennent de se poser comme deux colombes, la promesse de dix ou douze enfants, aux yeux d'outremer, se niche dans deux petites poches, au creux de mon ventre. J'ai quinze ans. Je résonne encore de l'éclat de ma nouvelle naissance. Eve nouvelle. Je sais comment sont faits les garçons. Cet aiguillon que les mères puissantes leur ont planté au milieu du corps, et moi je suis creuse et humide. En attente. Sans nous déshabiller, encombrés de nos vêtements, sans même nous tenir la main, les garçons et moi, nous communiquons déjà, par le frisson, par la fièvre cachée, tandis que nos visages seuls

118

découverts, avec nos mains nues, sourient et se colorent de lumière. Ainsi l'Américain, l'autre matin, au magasin général. Tout d'abord le silence. Nos yeux seuls. Puis tous nos sens alertés, la pulsation du sang perceptible à dix pas. Cet homme n'est ni beau ni bon, sa cravate rouge, sa dent en or, et pourtant je l'allume des pieds à la tête, comme une torche qui ne serait ni belle, ni bonne, mais nécessaire dans le flamboiement de l'été. (Quelque part dans la campagne la loi de lumière, scellée dans un arbre creux.) Non, non je ne tolérerai pas que l'Américain me touche, ni avec ses grosses mains, ni avec sa bouche molle, ni... Mon Dieu, non. Non, non, je ne le tolérerai pas. Je l'appelle « vieux salaud », mais je ris trop pour qu'il me prenne au sérieux. Mon oncle Nicolas me gifle à toute volée et me délivre de l'Américain. Mon oncle Nicolas est une brute. Sous des dehors exquis, son col de clergyman, ses manières suaves, se cache une brute épaisse. Perceval, lui, est un gros chien baveux et larmoyant. Mon Dieu faites que le premier ce ne soit pas Perceval qui est idiot, ni mon oncle Nicolas qui possède la science du bien et du mal, comme l'arbre au milieu du Paradis terrestre.

Bob Allen qui vient de cap Sauvagine m'a embrassée l'autre soir, à la brunante, sur le chemin désert, comme je revenais de chez ma cousine Maureen. Il m'a embrassée sur la bouche, comme un homme embrasse une femme. Cela m'a donné des idées de fun de par tout le corps comme si j'avais la chair de poule. Mon Dieu faites que le premier ce ne soit pas Bob Allen. Ma mère prétend qu'il court les guidounes et que c'est pour cela qu'il a mauvaise haleine. Ma mère sait tout.

Un jour ce sera l'amour fou, une espèce de roi, beau et fort, viendra sur la route de Griffin Creek, je le reconnaîtrai tout de suite, l'éclat de sa peau, son cœur sans défaut, visible à travers sa poitrine nue... Il me prendra la main et me fera reine devant tous les habitants de Griffin Creek, assemblés au bord de la route pour nous saluer. J'entends : Vive le roi et vive la reine ! J'ai une couronne sur la tête et je tremble de la pointe de mes orteils à la racine de mes cheveux. Je serai reine du coton, ou des oranges, car il viendra des pays lointains, au soleil fixe, allumé jour et nuit. J'ouvrirai les capsules dures du coton (c'est Stevens qui me l'a dit) et je serai inondée de duvet blanc et doux. J'avalerai des kumquats entiers, cœur et peau, doux-amers. Je dormirai sur des balles de coton pareilles à des nuages. Le roi du coton et des oranges dormira avec moi, sa couronne et sa peau brillante. Nous serons mari et femme, roi et reine, pour l'éternité. Non, non, ce n'est pas Stevens.

Vue d'ici, en contrebas, la mer semble immobile, à peine ridée en surface, alors qu'on sait bien, pour l'avoir regardée de près si souvent, quels creux profonds, quels pics neigeux naissent et meurent à chaque instant sur son dos énorme, au gré du vent et du remuement profond de l'abîme.

Le Seigneur est mon berger.

Mieux qu'une bouffée d'encens l'embrun baigne l'église,

imprègne de sel les stalles de sapin et jusqu'à nos mains jointes.

La mer, telle qu'on peut l'apercevoir au loin, à peine frisée sur le dessus, compacte et calme par en dessous, pourrait-on croire, nul n'ignore, pour l'avoir fréquentée depuis l'enfance, le roulement profond de son cœur, également perceptible à notre poignet, dans son battement vivace.

Tous ces gens assemblés dans la petite église avec leurs mains jointes, leurs bouches ouvertes, chantent et psalmodient, feignent d'ignorer le flux et le reflux sauvage de leurs âmes de baptisés.

Stevens debout, inondé de lumière, l'ombre noire de son chapeau sur ses yeux, vient de faire son apparition dans l'encadrement de la porte. A partir de là tout va aller très vite à Griffin Creek. Mon oncle Nicolas, ma tante Irène, Stevens, Perceval, Olivia et moi serons tous emportés par le mouvement de notre propre sang, lâché dans la campagne, au grand galop de la vie et de la mort.

Sur ce même banc d'église, côte à côte, son épaule contre mon épaule, Olivia et moi, toutes deux enfantines et sans langage véritable, adhérons de toutes nos forces à la parole de l'Ecriture. Sœurs siamoises depuis notre enfance, jamais séparées, pleines de secrets non dits et partagés dans l'émerveillement de vivre. Il a suffi d'un seul regard posé sur nous deux ensemble, comme sur une seule personne, du fond de l'église, par un garçon insolent, pour que rien ne soit plus jamais comme avant entre nous. Je voudrais

121

qu'Olivia ne soit plus avec moi, collée à moi comme mon ombre. J'existe sans elle, et elle sans moi, il faut qu'elle le sache, ma sœur d'enfance qui est malheureuse et trop solennelle, depuis qu'elle a fait vœu d'obéissance à sa mère mourante. « C'est moi qu'il regarde ! — Non, non, c'est moi ! » Mieux qu'aucune parole de rupture ces petits mots ordinaires nous opposent et nous séparent à jamais. La tête sur le billot, je jurerais que c'est moi qu'il regarde, avec ses yeux de voyou, émettant des rayons à distance, pour me transpercer.

Le foin est mûr. Je viens d'en examiner un brin, de tout près, d'un œil de connaisseur. La fine tige verte, sa petite tête mauve et argent, fleurie comme une quenouille pleine. Je cueille l'herbe à dinde, le jargeau et la verge d'or, tout le long du chemin. J'en fais un gros bouquet, piqué de brins de foin, en guise de feuillage. Ma grand-mère reçoit mon bouquet et la nouvelle du foin mûr, prêt à être fauché, sans grand éclat apparent, seul son œil vert semble planer au-dessus de toutes choses, acceptant et bénissant toutes choses, au-delà même de l'horizon.

Les femmes et les enfants suivent la faucheuse avec de grands râteaux de bois pour ramasser le foin à mesure. L'herbe fraîchement coupée pique sous mes pieds nus. Dans la charrette Olivia foule le foin d'un ample mouvement des jambes et des reins, à chaque fourchetée qui tombe. Mon oncle John a tranché en morceaux, avec sa faucheuse, une longue couleuvre verte. Quand le foin sera tout fauché, chez mon oncle John et chez mon père, il y aura un barn dance, dans l'odeur fraîche du foin nouveau. Cela se passera chez nous, car nous avons la plus grande des granges de Griffin Creek. Prions pour qu'il ne pleuve pas avant que tout le foin ne soit rentré.

D'ici la fin de l'été je les aurai tous embrassés, les uns après les autres. Ce matin c'est le tour de mon cousin Patrick. C'est égal, je n'aime pas sa façon de mordiller ma bouche et de demander, tout de suite après, si c'est aussi bon que Bob Allen. Quand ce sera le tour de Stevens, je mettrai mes deux bras autour de son cou.

Non, non, je ne le ferai pas. Stevens m'a insultée.

Nous faisons beaucoup de bruit avec nos pieds en cadence. Ce bruit fait partie de la fête et marque le rythme. Les vieux s'essoufflent à tant tourner et les jeunes ont les joues rouges. Seule ma tante Irène. Sa robe effacée. Ses yeux déteints. Les musiciens ont soif. Tony Brown qui marche de travers décide de leur apporter à boire. Une grande mèche de cheveux pommadés lui barre le nez. Il verse de la bière dans son chapeau et traverse les figures des danseurs, tente de les refouler, les mains occupées à tenir son chapeau avec la bière qui déborde sur son pantalon et par terre. La danse se reforme autour de Tony, le presse de toutes parts. La bière renversée colle aux pieds. Les musiciens ont toujours soif.

Stevens fait le beau. Lorsque je danse avec lui, je fais

semblant de ne pas le reconnaître, alors que je n'ai qu'un nom en tête, Stevens, Stevens, Stevens. Tu m'as grandement offensée. Je voudrais être changée en glaçon lorsque je danse avec toi, afin de te geler toi-même, des pieds à la tête, comme un bonhomme de neige mort, toi, ton cœur mauvais, tes secrets épouvantables. Au lieu de cela je suis brûlante et je passe de main en main, au fil de la danse, pareille à une petite bougie qui fond.

L'automne, lorsque les oies blanches par milliers quittent ce bout-ci de la terre pour des cieux plus doux, je les entends glapir, au-dessus de la maison, très haut dans les ténèbres. L'ombre parfaite de leurs formations passe à travers le toit de bardeaux comme s'il était transparent, se pose sur ma courtepointe, géométries noires, fugitives. Je pourrais les toucher avec la main. Etendue sur mon lit, mes sœurs endormies dans la chambre close, l'oreille au guet, je perçois une sorte d'aboiement sourd dans le lointain. Si je me lève, pieds nus, et soulève le rideau de cretonne, étire le cou et relève la tête, j'aperçois le ciel couvert d'oiseaux, en plein vol, pareils à des régiments déployés dans la nuit. Cette espèce de V de forme régulière se déplace à la vitesse du vent.

Ayant retrouvé la chaleur de mon lit, les draps tirés jusqu'au menton, les yeux fermés, je me demande lequel de ces oiseaux sauvages, à la faveur de quelle obscurité profonde, se posera, un soir, sur mon toit, au cours d'un de ses voyages. Un cygne. Je suis sûre que ce sera un cygne. Il entrouvrira son plumage, je verrai son cœur à découvert qui ne bat que pour moi. Alors il se dépouillera d'un coup de toutes ses plumes blanches glissant en tas de neige, à ses pieds. Sa forme d'homme délivrée de l'enchantement qui pesait sur lui. Sa figure pure de roi couronné. Nulle fille au monde ne sera aimée, n'aimera plus que moi, Nora Atkins. Je rêve. Je dors. L'amour. A moins qu'il ne vienne par la mer, d'un de ces bateaux étrangers qui passent, pavoisés de toutes les couleurs, avec des cornes de brume poignantes, sous des paquets d'ouate. Il aborde. Il met pied sur la grève, me prend dans ses bras, m'emporte et me cloue à l'avant de son bateau de pirate. Figure de proue pour l'éternité, mes petits seins givrés par le sel, les vagues me frappent au visage, sans que je puisse les essuyer. Sans doute viendra-t-il par la route de sable jaune, dans un nuage de poussière. Sa voiture brille de tout son nickel au soleil. Une Chevrolet, ou une Buick. L'important c'est que ce soit neuf et brillant, avec des coussins moelleux et un klaxon nasillard. Les Américains viennent ainsi parfois, l'été, nous regarder comme des bêtes curieuses, tandis que la beauté de nos paysages leur cloue le bec et l'âme.

C'est à pied, cheminant dans le sable, l'air d'un vagabond avec ses bottes poudreuses, son baluchon sur l'épaule, que Stevens est arrivé, un beau matin, parmi nous.

L'automne d'habitude c'est moi qui ravitaille les chasseurs lorsqu'ils ne s'aventurent pas trop loin dans la forêt. Un sac de toile sur l'épaule, lourd de victuailles, je marche dans le petit bois, derrière la maison de ma cousine Maureen. Ma respiration est visible dans l'air froid. Une

125

petite fumée me passe entre les dents, me réchauffe le nez au passage. Je regarde sans cesse à mes pieds de peur de tomber. Le sentier crevassé est plein de creux et de bosses, de branches mortes, de feuilles crissantes. Parfois c'est la swamp partout. Mieux encore des ruisseaux qu'il faut passer à gué. Je patauge dans la boue. J'ai beau me dire pour m'encourager que je vais flairer dans un instant, de tout près, l'odeur chaude des chasseurs, ce relent fauve de carnassiers à l'affût, je ne puis m'empêcher de penser à la recommandation de ma mère.

— Attention qu'on ne te prenne pas pour un chevreuil dans le bois... Tes cheveux couleur de chevreuil... ma petite fille, attention aux chasseurs...

Accueillie et fêtée par eux tous, des reflets bleus sur leurs joues piquantes, leurs dents blanches, leurs ongles noirs, j'offre le thermos de café brûlant et les tourtières grasses. Nous faisons cercle autour du feu de bois, épaule contre épaule, pour nous réchauffer. Mon oncle Nicolas, les grands carreaux rouges et noirs de son makina, son fusil en bandoulière, rit plus fort que les autres. Il m'appelle « sa petite chatte ». C'est comme s'il avait quitté toute idée de cérémonie en se séparant de sa soutane. Mon cousin Sidney m'offre une boisson incolore comme l'eau, qui brûle comme le poivre. Mon père qui, depuis un moment, a l'air fort mécontent, me dit de rentrer à la maison, tout de suite.

Cette fois-ci c'est l'été et c'est moi « la chasseresse ». Je marche avec précaution sur les aiguilles de pin. Une abeille me tourne autour de la tête. Je l'éloigne avec de petits gestes doux de la main. Il ne faut rien brusquer. Ne rien faire pour attirer l'attention. Mon cousin Stevens marche à quinze pas devant moi. Je me suis juré de le suivre à la trace jusqu'à ce qu'il se retourne de lui-même vers moi. Ne rien faire pour précipiter ce retournement de toute sa personne aux jambes interminables, épuiser ma patience et mes précautions, avant de revoir dans la lumière son maigre visage, ses yeux pâles et perçants. Une branche qui craque sous mon talon, Stevens fait volte-face, s'appuie le dos contre un arbre, me regarde venir calmement. En un instant les rôles sont changés. C'est lui le chasseur et moi je tremble et je supplie quoique j'enrage d'être ainsi tremblante et suppliante en silence devant lui alors qu'il serait si facile de s'entendre comme deux personnes, égales entre elles, dans l'égalité de leur désir.

— Il ne faut pas faire ce que tu pourrais regretter...

Son air méprisant. Ses yeux sans regard comme ceux des statues. Sa grande carcasse appuyée contre un sapin. Je crois qu'il a les mains dans les poches. Un instant de plus et il va se mettre à siffler. Non, non, je ne le supporterai pas. L'affront en pleine face. Je ne lui pardonnerai jamais. Il a refusé de m'embrasser comme un homme embrasse une femme et moi je l'attendais, depuis le matin, m'attachant à ses pas pareille à un chien de chasse qui suit une piste. Le beau visage dur de Stevens, ses longues jambes, son sexe de garçon, caché dans ses habits de garçon, son mépris, ma rage.

Je cours à perdre haleine. Je me tords les chevilles sur les corps morts. Je voudrais qu'on me ramasse sur un brancard, qu'on me porte, qu'on me soigne, qu'on dise des prières autour de moi. J'irai trouver ma grand-mère, je... Non,

non, je ne lui dirai rien... Je marche sur la grève, à la limite de l'eau, pieds nus, mes running shoes attachés par les lacets, autour de mon cou. Les petites vagues me lèchent doucement le bout des orteils. Je reprends souffle. Je continue de marcher quoique plus lentement. Le floc-floc de mes pas sur le sable et l'eau. Je crois que je commence à attendre l'événement qui me vengera de Stevens. Une vieille comptine entendue à cap Sauvagine, chez les papistes, me trotte dans la tête, tandis que je marche, sans but apparent, au bord de l'eau.

Promenons-nous dans le bois pendant que le loup n'y est pas.

Je règle mes pas sur le rythme de la comptine. Je me promène sur la grève, près de la cabane à bateaux. J'attends que l'événement se produise.

Le loup y est-y ?

Le loup a la figure de mon oncle Nicolas, son habit noir et sa corpulence, son air confus d'homme consacré que le démon tente comme Jésus sur la montagne. Il a bien vu que j'étais en colère et pas dans mon état normal. Je suis sûre que ça l'excite. Il me fait entrer dans la cabane à bateaux, soi-disant pour me parler. Je m'assois sur une chaloupe renversée qui est là en radoub. Je ne cesse pas d'être en colère, tout en regardant mon oncle Nicolas, avec des yeux braqués sur lui comme des pistolets.

— Je déteste mon cousin Stevens. Je le déteste.

Mon oncle le pasteur me répond qu'il ne faut détester personne. Il est tout rouge et suant en disant cela. Un instant j'ai cru qu'il allait s'agenouiller devant moi et me supplier de ne détester personne, au nom du Christ. Il répète « personne, personne », d'une voix rauque et tendre à la fois, comme s'il s'agissait de nommer tout bas quelqu'un d'infiniment digne de pitié et de tendresse, caché dans son propre cœur de pasteur. A partir de ce moment je ne suis plus en colère. Je deviens compatissante et calme, assise sur ma chaloupe renversée, en attente de ce qui va se passer. Le pasteur s'approche tout près de moi. Il se met à genoux dans la poussière, le sable, les brins d'herbe séchée et les bouts de bois. Je me laisse faire par lui, ses mains moites fouillant dans mon corsage, la pointe de mes seins devenant dure sous ses doigts. Mon Dieu est-ce possible que la première fois, ce soit ce gros homme bénit qui... Il enfouit sa tête dans mon giron, ses bras enserrent mes jambes. Il m'appelle « sa petite Nora », dit qu'il est malheureux. C'est à ce moment que Perceval montre sa face écrasée sur la vitre de la petite fenêtre.

Perceval court sur la grève. Il ira trouver ma tante Irène et lui dira dans son langage incohérent ce qu'il a vu dans la cabane à bateaux. Depuis si longtemps ma tante Irène dort comme une morte, elle écartera doucement Perceval de devant elle et lui dira de rentrer bien vite chez lui.

Mon oncle Nicolas s'est relevé d'un bond. Son corps lourd craque aux jointures. Il dit que je suis mauvaise. Il serre les poings. Il a l'air de vouloir me battre. Il dit que c'est par moi que le péché est entré à Griffin Creek.

Ma tante Irène a commis son propre péché, au petit matin, dans la grange. Le péché de ma tante Irène est le plus grave de tous, celui qui ne pardonne pas, le même que

129

celui de Judas qui est allé se pendre comme ma tante Irène.

J'étais là, avec tous ceux de Griffin Creek, lorsque mon oncle Nicolas a dépendu ma tante Irène, l'a prise dans ses bras, pour la ramener au presbytère, toute raide, le cou cassé, les jambes et les bras ballants, sa natte de cheveux battant dans l'air, comme un serpent mort.

Ma cousine Maureen a offert toutes les fleurs de son jardin, géraniums, phlox, cœurs saignants, saint-joseph, lis tigrés. J'ai cueilli des brassées de fleurs sauvages. Tout ça pour l'enterrement d'Irène Jones, femme pendue du révérend Nicolas Jones. J'ai pleuré plus que les autres femmes du village. L'église était pleine de reniflements et de raclements de gorge se mêlant aux chants funèbres. Mon oncle Nicolas a tenu à célébrer lui-même la mort de sa femme, selon le rituel ordinaire. Mais sa belle voix n'était plus la même, toute cassée et râpeuse.

Je déteste mon oncle Nicolas comme je déteste Stevens.

Mon cousin n'a pas montré le bout de son nez, ni à l'église, ni au cimetière. Il craint les cérémonies religieuses et familiales, comme un diable l'eau bénite.

Stevens va à la ville, de temps en temps, avec Bob Allen et Patrick. Pour les mêmes raisons que Bob Allen et Patrick. C'est ma mère qui me l'a dit. Je prétends que Stevens n'aime pas les femmes mais seulement la cochonnerie qu'on peut faire avec les femmes. Moi aussi j'ai été cochonne avec le pasteur, dans la cabane à bateaux. Pour

me venger de Stevens. Je bouillonnais de rage. Mais le
pasteur, lui, était ravagé par la fièvre. Sa large figure plus
blême qu'à l'ordinaire, les taches de son pâlissant sur ses
joues. La pointe de mes seins se durcissant entre ses doigts
consacrés. Mon Dieu quel péché est-ce là ! Mon Dieu
donnez-moi bien vite un garçon de mon âge qui ne soit pas
marié ni pasteur. Pour le fun de tout mon corps, né pour
cela, de la tête aux pieds, pour l'amour de toute mon âme,
née pour cela, dans sa sauvage innocence.

Ma tante Irène était faite pour le malheur et elle est
morte. Paix à ses cendres grises.

Je suis faite pour vivre. Je crois bien que je ne mourrai
jamais.

La tempête dure depuis trois jours et trois nuits. Des
cataractes d'eau sont jetées sur Griffin Creek, venant du
ciel noir et de la mer violette. Le vent dans toute cette eau
se déchaîne, creuse ses tourbillons d'air et de pluie, dresse
ses vagues géantes à l'assaut des rochers, déracine les
arbres, risque de tout emporter à cent milles à la ronde.

La maison de mon père a des racines profondes, bien en
terre, solide et forte elle défie l'orage. J'habite l'arche de
Noé. J'ai deux sœurs et trois frères. Nous avons des
provisions pour une semaine. Ma cousine Olivia est avec
nous, bien à l'abri avec nous. Ma mère a les cheveux frisés
et un menton pointu comme le mien. Elle sait tout ce qui se
passe à Griffin Creek. Ce n'est pas que ma mère coure
dehors à la recherche des nouvelles, mais les nouvelles
viennent d'elles-mêmes, attirées par ma mère. Les portes

ne sont jamais fermées à clef ici. Un de mes premiers souvenirs c'est la porte grillagée de la cuisine qui bat au passage des personnes, des chiens, des chats, des fleurs, des légumes, des fruits et des mouches noires, dans la chaleur de l'été.

Longtemps mon père m'a appelée « son trésor des âmes pieuses ». Maintenant que j'ai grandi il n'ose plus. C'est le tour de ma petite sœur Linda qui a cinq ans. Elle rit comme une folle, sa petite face ronde toute plissée de rire.

Parfois lorsque je suis trop absorbée par ce que je regarde, penchée sur une feuille ou un insecte, toute concentrée pour saisir l'instant qui passe, ma mère sourit et m'appelle « beau nuage ». Quand je pense très fort aux garçons je me cache dans le fenil, bien calée dans le foin, loin de l'œil magique de ma mère.

Le nez contre la vitre, protégée par la vitre, recevant en pleine face des paquets d'eau, sans être mouillée, au cœur même du déluge, bien à l'abri dans une bulle transparente, je guette l'éclair violet qui, de place en place, illumine la campagne dévastée. Ma cousine Olivia occupe l'autre fenêtre, à côté de la porte.

Surgie de l'éclair, une longue silhouette titube et se disloque, disparaît dans le noir, se montre à nouveau avec le feu du ciel, glisse sur le sol détrempé de l'allée, se relève, redevient confuse, se précise à nouveau, se rapproche de plus en plus, s'affale sur les marches de la cuisine.

Est-ce moi qui crie ? Est-ce Olivia ? Le passage d'un nom, de ma poitrine à ma gorge, s'étouffe sur mes lèvres.

— Stevens ! Mais c'est Stevens !

Une espèce de grand oiseau hérissé de pluie s'abat sur la chaise la plus proche. En réalité c'est mon père qui glisse la chaise sous le derrière de Stevens. Son air hagard. Ses cheveux lui coulent dans la figure, gluants comme des algues, ses yeux plus pâles que jamais, injectés de sang, sont pleins d'eau, larmes ou pluie ?

Mon père dit que Stevens est soûl comme une bourrique. Je prétends que c'est la fureur de la tempête qui le possède et bat à grands coups sur toute sa peau tendue comme un tambour.

Il parle, des mots à peine audibles, il appelle, est-ce moi, est-ce Olivia, il supplie, des prières confuses. Il est question de le suivre en pleine tempête, de vivre et de mourir avec lui dans un gouffre.

Ni Olivia ni moi n'avons vu la maigre nudité de Stevens mouillé de pluie. Mes parents l'ont traîné dans la chambre voisine, déshabillé et séché, couché dans le grand lit... Il n'y restera pas d'ailleurs. Brusquement dessoûlé il déclare qu'il a à faire dehors, qu'il ne veut rien laisser échapper de la tempête, que c'est une chance unique et que pareil événement ne se reproduira pas de sitôt.

Ce soir-là Olivia refuse de partager mon lit dans la chambre des filles. Elle préfère dormir par terre, sur le petit tapis, enroulée dans une Hudson Bay rouge à bandes noires. Je la gêne comme elle me gêne. Ses rêves agités tout contre mon lit, tandis que je sombre dans le sommeil. J'aurais tant voulu savoir qui a la plus jolie poitrine d'Olivia ou de moi ? La pluie, le vent, les vagues. Je dors cernée par la tempête dans la maison de mes parents, étanche comme une coque bien calfatée.

Il y a une photo de moi, assise sur un billot, au bord de la mer. Je ris et j'ai les cheveux droits sur la tête, à cause du vent. Mes parents penchés sur cette photo. Moi en attente de leur verdict. Mon père déclare que j'ai le menton volontaire. Ma mère insiste pour que mon père dise le fond de sa pensée.

— Dis-le, dis-le qu'elle est jolie !

Mon père fronce les sourcils. Il craint que je ne devienne vaniteuse. Préfère se taire. Quitte la pièce sans me regarder.

Ma cousine Maureen possède le plus beau jardin du village. Les géraniums au grand soleil de midi. Ça embaume par-dessus la clôture, jusque sur la route. L'odeur gicle entre mes doigts lorsque je casse une tige humide et verte. Je ne me laverai pas les mains de toute la journée, pour conserver, le plus longtemps possible, la senteur des géraniums que m'a offerts ma cousine.

Maureen n'a jamais été aussi prodigue des fleurs de son jardin. Depuis quelque temps aussi elle met du rouge et se coiffe avec beaucoup de soin.

Les grappes blanches au cœur vert des hydrangées en attente de la première gelée qui les colorera d'un rose brunâtre, la haute bordure rose et blanche des phlox, panachés à plaisir par les abeilles, deux pommiers sauvages et tordus où pointent des pommes acides, minuscules. Mon père a l'habitude de dire que ce pays est insensé, l'été trop court, l'hiver trop long et les jardins voués à une mort précoce.

134

Déjà la fin de l'été. Je fais des visites avec ma cousine Olivia. J'ai un manteau marron, Olivia un manteau noir. Nos bérets de fil blanc crocheté sont très jolis. Stevens travaille chez Maureen depuis le début de l'été. Ma mère dit que la nuit il dort dans la grange, comme il se doit, pour un serviteur modèle.

La lune se lève, orange, dans le ciel. Lorsque nous sortirons de chez Maureen, Olivia et moi, la lune sera sans doute haute, toute blanche, métallique, répandue à grands traits sur la mer comme un soleil de nuit, pâle et laiteux. Stevens aura certainement eu le temps de vider sa chaloupe. L'avons rencontré en allant chez Maureen. Très préoccupé par l'idée d'avoir à vider sa chaloupe, remplie d'eau par les dernières pluies. Stevens nous a à peine adressé la parole. Perceval s'est contenté de nous faire des grimaces en passant sur la route. Bob Allen nous a dit qu'il fallait qu'il rentre à cap Sauvagine.

Demain 1er septembre. Ouverture des classes. C'est ma dernière année d'école. Olivia est déjà maîtresse de maison. Trois hommes dépendent d'elle pour le manger et le boire, le ménage et le blanchissage.

Fin de l'été.

LE LIVRE DE PERCEVAL BROWN
ET DE QUELQUES AUTRES

été 1936

It is a tale told by an idiot,
full of sound and fury.
W. Shakespeare

Soulève le rideau. La lune est là. Dans la fenêtre. Moi.
Enfermé tous les soirs dans la maison. Obligé de dormir à
huit heures. Cric un tour de clef. Enfermé dans ma chambre
pour la nuit. Pas envie de dormir. Envie de crier. Parce que
je suis enfermé. Serai battu si je crie. Crier à cause de la
lune. Dormir un peu puisque enfermé. Autant dormir dans
mon lit. Après un petit somme, retourné à la fenêtre. A
cause de la lune. Le rideau. Posé ma joue sur la vitre
fraîche, presque mouillée. Vu la lune blanche à travers la
vitre froide. Envie de sortir. Le tour de main pour ouvrir la
fenêtre. Lentement. Sans bruit. Main trop grosse. S'appli-
quer. Faire très attention. Main lourde. Comme gonflée.
La poignée fraîche dans ma main. Tourne doucement. Fait
clic. Retiens mon souffle. Ecoute si quelqu'un vient. Quelqu'un de ma famille qui aurait entendu la poignée tourner.
Le silence de la maison. Les parents. Même éveillés, sur
leur chaise dans la cuisine, leur visage de bois. Leurs
silences de bois mort. Mais non ils dorment tous les deux à
présent. Dans leur lit. Des bûches qui respirent fort. Par le
nez, par la bouche. Fretch, fretch, fretch, gr, gr, gr. Leurs
ronflements pareils tous les deux. Mêlés ensemble. Le père

et la mère. Une musique plutôt comique. Mes sœurs jumelles, aucun bruit. Le souffle doux de leur respiration. On pourrait croire qu'elles ne respirent pas. Leurs tresses blondes, presque blanches, ne respirent pas non plus. Elles dorment au presbytère maintenant. Toutes les deux. Pat et Pam. Leurs tresses blondes, presque blanches. Leurs petites manières douces de filles. Mes sœurs jumelles, douces, presque blanches. Dorment au presbytère. S'éveillent au presbytère. Lavent la vaisselle au presbytère. Frottent avec une brosse de chiendent les planchers du presbytère. A genoux par terre. Reprisent le linge du pasteur. Allument le feu du pasteur. Font des ragoûts, pèlent des patates, au presbytère, au presbytère, au presbytère. Tout le temps au presbytère. Depuis la mort de ma tante Irène qui s'est pendue dans la grange. Les parents plutôt contents de voir leurs filles aussi jeunes transférées dans une aussi belle maison. La plus belle de Griffin Creek. Le portique. Les colonnes blanches. Le parloir. Meubles vernis. Livres empilés sur des tablettes. Sofa capitonné, noir brillant. Comme un cheval noir, brillant. Reflets bleus. Capitons renflés. Pleins de crins. Boutons noirs en creux. Des anges dans les armoires. Le démon dans la cave. Le pasteur maître du presbytère. Grand chef de l'église sur la côte. Grand raconteur de merveilles, le dimanche. Le fils de la veuve de Naïm, l'aveugle de Jéricho, guérison d'une main desséchée, Jésus marchant sur les eaux. J'ai la tête pleine des merveilles débitées par le pasteur. Tous les dimanches. Les oreilles et la tête farcies de choses pas ordinaires. Parfois ça me donne envie de crier. Pas de mots pour dire l'effet des merveilles dans ma tête. Déjà pour la vie ordinaire pas assez de mots. Il faut que je crie. De joie ou de peine. Une espèce de son incontrôlable. Commence dans mon ventre. Monte dans ma poitrine. Serre ma gorge. Gicle dans ma bouche. Eclate à l'air libre. Ne peux m'en empêcher. Un son qui file jusqu'au ciel après avoir creusé son trou noir dans mes os. Une toute petite charrue invisible fraie son sillon. Au plus dur de moi. Au plus profond de moi. Pour le passage du cri. Brisé en mille éclats. Moi en mille éclats violents, brisés. Par le passage du cri. A travers la mémoire embuée. Le présent qui tremble. *Qu'ils dansent les os que tu broyas*. Ma main chaude réchauffe la poignée de fer, peinte en blanc, sur le dessus. Le blanc s'écaille. Le fer noir apparaît en petites griffures noires sur la poignée de la fenêtre. Une auto étrangère passe sur la route. Le fer froid dans ma main chaude. « Ta main gourde », dit ma mère. Ce n'est pas tout de tourner la poignée. Il faut pousser le battant. L'autre aussi. Le premier et le deuxième battant. Ouvrir la fenêtre à deux battants. Sans bruit. La lune entre aussitôt dans ma chambre. Coule par terre en flaques blanches, quoique transparentes, liquides comme du blanc d'œuf qui ne serait pas collant, seulement transparent et blanc. La vue que j'ai. La plus large de Griffin Creek. L'auto étrangère n'en finit pas de passer. La fenêtre ouverte à deux battants. Toute la baie visible, encadrée par le carré de la fenêtre. Un gros bateau. Et un petit bateau. L'eau ridée étincelle en paillettes. Moussantes comme du ginger ale. La lune n'est pas une orange ronde et pleine, comme disent les gens. La lune est plate, sans épaisseur, pareille à du papier blanc. Un rond de papier blanc. Une assiette de papier, ronde, blanche, brillante. Claire comme si on avait placé une lampe allumée de mille watts derrière le papier blanc. La route blanche. L'auto étrangère disparaît. Un bruit de moteur au loin qui s'efface. Le gros bateau est en train de passer au large. J'aime le voir disparaître en glissant, fort et gros, sur la ligne d'horizon. Le petit bateau, lui, est toujours là dans les reflets de lune. Un peu plus au large que tout à l'heure. On dirait qu'il s'est arrêté. Il a une pointe relevée et l'autre qui enfonce. J'enjambe la fenêtre. Reste là sur l'appui de la fenêtre. Au premier étage de la maison. Les jambes ballantes dans le vide. Je me baigne dans la lumière liquide. La lune me gèle à travers mon pyjama. Je vais me déshabiller complètement. Risquer de tomber. Prendre un bain de lune. Sentir le froid de la lune sur mon ventre de garçon. Me rhabiller aussitôt. En équilibre sur la fenêtre. Réchauffer avec mes deux mains cet oiseau tendre et doux que j'ai au milieu du ventre. Le rendre dur et fort. Coucou me revoilà, rhabillé en pyjama. Regardant de nouveau la mer au loin. Le petit bateau revient de sa promenade au large, vert plutôt que noir, quinze à dix-huit pieds de long. Net et précis sur la mer. Eclairé de lune. Autant de précautions pour fermer la fenêtre que pour l'ouvrir. Retrouver la chaleur du lit. Dormir. Il faut dormir. C'est l'heure de dormir. Mes rideaux fermés. Les fleurs des rideaux toutes fanées. Impossible de voir à travers les fleurs et les feuillages fanés des rideaux. Me retourne contre le mur. Dormir. Rêver à mon frère Stevens qui est bon pour moi. Lui dire en rêve que je l'aime.

La maison endormie. Mes parents endormis. Moi endormi. Ne crie plus. Rien de violent en rêve. Une doucœur absolue. Un univers glauque où je suce mon pouce en paix. Toutes les issues bloquées. Autos et bateaux ne peuvent plus arriver jusqu'à moi. Mes genoux contre mon menton. Noyé dans le sommeil. De l'eau endormie par-dessus la tête. L'infinie protection de l'eau endormie. Plusieurs cloisons d'eau entre le clair de lune de Griffin Creek et moi. Mon sommeil clos comme un œuf avec moi bien au centre. Ma chambre fermée à clef. La fenêtre fermée. Le rideau de cretonne tiré par-dessus la vitre. Les murs de bois, le toit de bardeaux de la maison fermée de mon père John Brown, époux de ma mère Beatrice Brown. L'air de la nuit, en couches claires à cause de la lune, glisse sur le toit. Rien ne m'atteint plus. Bien à l'abri. Tandis que la sauvage beauté de la campagne nocturne se déploie tout alentour de la maison.

Les habitants de Griffin Creek sont alertés, les uns après les autres, dans leur premier sommeil. Tout d'abord Alice Atkins, ses cheveux frisés, son menton pointu, comme celui de sa fille Nora, s'éveille et s'inquiète, dit que les petites ne sont pas encore rentrées. Son mari Ben Atkins émerge avec peine du sommeil, fronce les sourcils lentement, toute expression ayant peine à prendre sur son calme visage endormi. Regarde l'heure au réveille-matin, posé sur la table de nuit. Onze heures trente. Le tic-tac du réveille-matin emplit la chambre d'un bruit assourdissant. Elles sont parties depuis sept heures trente. Pour aller chez Maureen.

Le gros œil de velours de Maureen, posé sur l'horloge, sans rien voir, semble-t-il. Les douze coups de minuit viennent de sonner quelque part dans la maison vide. Une fatigue infinie dans son dos, ses bras, ses jambes. Sa tête surtout. Debout au milieu de la cuisine, tout habillée, ne s'étant pas couchée, ayant attendu Stevens si longtemps, elle rabat ses manches comme si elle venait de se laver les mains, se répète les dernières paroles de Stevens, il y a combien de temps déjà, une espèce d'éternité sans doute. Tout le corps de Maureen a eu le temps de durcir, de prendre en glace. Quelque chose d'intolérable à l'origine de ce durcissement de tout son être pétrifié. Si elle bouge seulement le petit doigt à nouveau, elle éclatera en mille morceaux, pareille à une bouteille sous l'eau bouillante. Les mots eux demeureront intacts, ne se briseront jamais, résisteront à l'émiettement des nerfs, à l'éclatement des larmes, au passage du temps. Ces mots qu'il lui a lancés ce soir, sur le seuil de la porte, à travers le grillage, sans même prendre la peine d'entrer. Autant de pierres pour la tuer dans l'obscurité. On ne peut pas dire qu'elle ait vu son visage, mais seulement sa bouche retroussée sur ses dents blanches. Son souffle rauque dans la nuit.

— Je m'en vas. Je retourne en Floride. Demain je serai loin. C'est décidé. Vieille, tu es vieille, ma pauvre Maureen. Trop vieille pour moi.

Stevens est allé chercher ses affaires dans la grange. Son grand pas encore plus rapide que d'habitude. Sa tête nue.

On cogne quelque part très loin. Des coups de plus en plus forts. De plus en plus près. Des coups sur ma tête, sur ma poitrine, par tout mon corps. Pour me tirer hors du lit. Le sommeil ouvert de force. Moi caché dans le sommeil, sorti de force du sommeil. Par le bruit des coups. Quelque part ailleurs à présent, hors de mon corps. Un battement exaspéré. Le sommeil s'attache à ma peau. Fait des fils poisseux. Impossible d'ouvrir les yeux. Mon oreille, de plus en plus fine, perçoit nettement les coups frappés à la porte de la cuisine. Une volée de coups. Je m'assois dans mon lit. J'émerge de la vase. En bas des bruits de pas nus précipités. La voix de mon père. Des voix multiples, confuses en réponse à la voix de mon père. La porte qui claque. De nouveau les pas nus de mon père. Les pas nus de ma mère sur le plancher accompagnent les pas nus de mon père. De la cuisine à la chambre des parents. Un temps. Ils parlent bas. Un langage secret de parents dans le noir du grand lit, comme d'habitude, sans doute. Parfois ils se disputent et le ton monte. Cette nuit ils chuchotent. Suit un remue-ménage comme si c'était le matin. Les pieds chaussés de mon père s'éloignent vers la porte de la cuisine. La porte s'ouvre, claque à nouveau. Il crie à travers la porte grillagée.

— Je vas voir pis je reviendrai te dire.

Je commence à crier pour que ma mère m'ouvre la porte. Elle monte l'escalier lentement, s'arrêtant à chaque marche. On dirait que ça l'oppresse de mettre un pas devant l'autre dans l'escalier.

147

Tous dehors en pleine nuit, arrachés au sommeil, interrogés, questionnés, mis debout, habillés, chaussés, lâchés dans la campagne. Les mains en porte-voix appeler Nora et Olivia. Les chercher partout sur la grande route, le long des fossés, dans les buissons, sur la grève, dans la cabane à bateaux, dans les sentiers, les chemins de traverse. Les feux de nos lampes de poche brillent de-ci de-là. Les rares automobilistes qui passent dans leurs voitures étrangères sont interpellés, pressés de questions. Quelques-uns de cap Sauvagine et de cap Sec se joignent à nous dans nos recherches. Stevens a déjà trouvé moyen de faire prévenir Bob Allen à cap Sauvagine. Bob Allen a l'air complètement hébété. On voit son pyjama rayé sous sa veste ouverte. A peine débarqué du *North Star,* Patrick a les yeux mauvais et la barbe bleue. Il jure que jamais plus il ne laissera Olivia sans surveillance, chez sa cousine Nora.

Chez Maureen toutes les fenêtres sont illuminées de haut en bas de la maison, comme s'il y avait le feu. On s'entasse autour d'elle. Personne ne s'assoit et elle n'invite personne à s'asseoir. Elle-même debout, au milieu de la pièce, les bras le long du corps. Toutes ses forces rassemblées pour s'empêcher de tomber. Vacillante dans son immobilité même. Un rien pourrait la faire s'écrouler par terre. Une respiration trop profonde. Un cheveu qui bouge. Un battement de paupière. Elle répète que les deux cousines sont arrivées chez elle vers sept heures trente et qu'elles sont reparties à neuf heures trente. Bob Allen dit que Stevens et lui ont accompagné Nora et Olivia chez Maureen avant de se séparer sur la route. Stevens refuse d'entrer dans la cuisine de Maureen. Il confirme cependant les dires de Bob Allen. Dit qu'il n'a plus revu les deux cousines, les ayant quittées à la porte de chez Maureen vers sept heures trente.

Non, non ce n'est pas Stevens. Je ne le reconnais plus. Ce n'est pas lui. Il n'a plus son chapeau sur la tête. Ses yeux déteints, comme une chemise bleue déteinte, bougent tout le temps, comme s'ils voulaient regarder partout à la fois, sans jamais se poser nulle part. Refuse d'entrer chez Maureen. Appelle Nora et Olivia très fort, partout dans la campagne. Ne me voit pas. Ne met pas sa main sur ma tête comme d'habitude. Vient certainement de se laver la figure et les mains. De se faire la barbe peut-être. Ses joues lisses comme sortant de l'eau froide, un peu roses. Le creux de ses joues creusé plus que jamais. Sa chemise fraîche. Stevens dit « Bob et moi ». Répète qu'ils ont laissé Nora et Olivia chez Maureen. Au pied du perron de Maureen. Sept heures trente, sept heures trente, sept heures trente, l'air d'un coucou qui étire le cou et répète l'heure trois fois. Bob Allen aussi dit sept heures trente. Maureen aussi, sans bouger de sa place. Elle ajoute neuf heures trente pour l'heure de départ de Nora et Olivia de chez elle. Maureen tombe assise sur une chaise. Dit qu'elle a très mal à la tête. Je crois entendre qu'elle supplie qu'on ne laisse pas Stevens entrer. Stevens, dehors debout sur ses grandes jambes, appuyé au chambranle de la porte de Maureen, s'en va, bouge à petits coups brusques. N'a plus son chapeau marron. Ses cheveux fraîchement mouillés et peignés lui collent sur le crâne.

Crier en toute impunité sur la grand-place de la nuit, face à la mer. Jamais eu un tel espace et la nuit tout entière pour l'emplir de tout moi dans un cri. Crier avec les autres. Mêlé aux autres. « Nora et Olivia ». Crier tout d'abord avec plaisir. La voix poussée à sa limite extrême de voix vivante. Puissance délivrée dans ma gorge et ma poitrine. Le cri qui ricoche contre les rochers. Moi tout entier sorti dans mes cris. Mes cris dépassant mon corps, à travers mon corps, atteignant le monde, les rochers et la mer. Encore un peu et Nora et Olivia ne seront plus prononcés du tout par moi. J'en viens au hurlement pur, sans mots distincts. Me déchirer la poitrine. Hurler pour tous ceux de Griffin Creek qui sont avec moi, prononcent encore distinctement « Nora Olivia », appellent trop doucement, ont besoin pour exprimer l'épouvante, plus que d'aucune syllabe distincte, du cri informe, profond de la bête qui appelle. Je crois que la lune se couche et va disparaître. Le ciel d'après la lune et d'avant le soleil est triste à mourir. Entre lune et soleil se glisse l'heure sombre, épaisse, gluante, plus poignante que la brunante. Si Nora et Olivia se trouvaient là cachées dans l'aube grise, à dix pieds de nous, on ne les apercevrait même pas. Je crois que je pleure à présent. La gorge brûlée d'avoir trop crié. Je guette la première lueur de l'aube sur la mer. Ma grand-mère Felicity apparaîtra peut-être avec la lueur. Marchera peut-être sur les eaux, dans sa robe de chambre rouge et marron ? Elle n'aura qu'à puiser dans les grandes poches de sa robe de chambre pour en sortir ses deux petites-filles. Réduites à la taille des mouettes elles grandiront à vue d'œil, échapperont à tout enchantement mauvais. Ne seront plus perdues mais là vivantes avec nous. Leurs cheveux fous, leurs robes d'été, leur odeur de fougère ou de sang, selon les jours. Leurs sourires surtout. Leurs dents humides. Ah ! La première chose que j'ai vue en arrivant sur la grève, c'est la chaloupe de Stevens, attachée à son pieu dans le sable. L'eau clapote doucement contre le flanc du bateau de Stevens. Les rames en croix sur les sièges, comme d'habitude. Tout est comme d'habitude, sauf que Nora et Olivia sont perdues. Ah !

Cet enfant crie trop fort. Il faudrait le ramener chez ses parents, le coucher dans son lit. Notre angoisse avec lui atteint un paroxysme difficilement supportable. Ceux qui sont partis en auto du côté de cap Sec ou de rivière Bleue, dans les terres, reviennent, un à un, sans nouvelles. Disent qu'il faut attendre le jour pour mieux questionner les gens. Tout d'abord coucher cet enfant. L'enfermer dans sa chambre. Son père l'empoigne par le bras. Quelqu'un dit qu'il vaut mieux le laisser déjeuner avant de l'emmener. Quelqu'un d'autre fait remarquer que « cet enfant » a quinze ans et qu'il est fort comme un bœuf.

Felicity ma grand-mère est comme d'habitude. Rien de changé dans ses manières. Elle s'ingénie à rester pareille afin que rien d'autre ne change à Griffin Creek. Dans l'espoir que rien d'autre ne soit déjà changé à Griffin Creek. Elle a seulement mis plus de bois que d'ordinaire dans le poêle, fait un plus gros feu, une plus grosse pile de toasts, sorti de l'armoire la grande cafetière, préparé deux bonnes douzaines d'œufs et plusieurs paquets de bacon. Je compte trois fois dix personnes autour de la table. Moi je mange sur mes genoux, assis sur une caisse, près de la porte. Mes sœurs jumelles sont assises par terre, le dos au mur. Elles ont les genoux au menton. On voit leurs pantalons blancs. Mon oncle Nicolas qui est pasteur dit qu'il va falloir rédiger le communiqué pour la police. Quelqu'un dit qu'il a vu passer une voiture étrangère, sur la route, entre neuf heures et dix heures. Non, non, je ne dirai rien, ni l'auto étrangère, ni le gros bateau, ni le petit bateau. Trop peur d'être disputé pour avoir voulu sortir, la nuit, par la fenêtre. Tous les soirs enfermé pour dormir. Voulu enjamber la fenêtre. Voulu sauter dans le vide. Pris mon élan. Trop haut. Peur de me casser les jambes. Peur d'être

154

disputé. Une lumière diffuse, couleur de soufre, se répand à présent sur la campagne. La mère de Nora tremble à petits coups, comme si elle avait la fièvre.

C'est écrit dans le journal. En gros et petits caractères. Des journaux anglais. Des journaux français. Le communiqué de mon oncle Nicolas est imprimé dans les journaux. Mon père lit à voix haute, suivant chaque ligne avec son doigt.

Disparition de deux cousines à Griffin Creek. Olivia Atkins, 17 ans, 112 livres, grande, élancée, distinguée, jupe bleue à petits plis, gilet blanc, manteau noir, souliers blancs, béret blanc crocheté, cheveux blonds, yeux bleus. Nora Atkins, quinze ans, 102 livres, frêle, distinguée, robe rose, manteau brun, running shoes blancs, béret blanc crocheté, cheveux auburn, yeux bleus.

Des yeux bleus partout à Griffin Creek. Dans tous les jardins. Tous les arbres. Poussent comme des fruits bleus. Qu'à tendre la main. Les yeux de Nora, les yeux d'Olivia se cachent parmi les fruits bleus. A moins que... Sur la grève mêlés aux agates dans le sable. Des gouttes d'eau devenues solides, des pierres d'eau. J'irai au bord de l'eau, ramasser les yeux bleus de mes cousines qui sont perdues, avec leurs manteaux, leurs jupes de filles, leur senteur de fougère et de sang. A nouveau enfermé dans ma chambre n'ai plus de voix. Pour crier. Je geins tout bas. Une chanson de fou. Tout bas. Un murmure triste en cadence avec mon cœur gros. Tic tac, tic tac. Mon cœur énorme dans ma poitrine cogne contre les barreaux. Mon cœur gros peut tout casser de moi. Si je n'y prends garde. Voudrais sortir d'ici. Mes parents font la sourde oreille. Trop de monde en bas. Entre et sort sans arrêt. La porte claque. Des conversations

155

embrouillées. Des voix inconnues se mêlant aux voix familières. La voix de Stevens assourdie comme s'il parlait les deux mains sur la figure. Des habits d'homme, des chaussures cloutées, des chapeaux mous, du tabac empesté, toute une engeance d'hommes étrangers. Dans la cuisine de mes parents. Je les flaire sous la porte de ma chambre, par le trou de la serrure. Je ne les aime pas. Voudrais chasser les senteurs étrangères. Pour qu'elles disparaissent avec leurs habits étrangers, leurs chapeaux et leurs souliers étrangers. Ça pue dans la cuisine. Et mes parents tolèrent ça, eux si propres et soigneux. D'habitude.

Nous les gens de Griffin Creek, devancés par les événements, ne pouvant plus suivre, bouleversés par la disparition de Nora et d'Olivia, n'ayant pas le temps de faire entre nous les recoupements nécessaires, mis en face de la police et sommés de répondre, sans avoir le temps de se consulter et de réfléchir. Insister sur la piste de la voiture étrangère pour gagner du temps. Chercher à comprendre. Approfondir. Recoller ensemble les bribes de l'histoire. En famille. Sans témoin. Stevens est retourné chez ses père et mère. C'est ce qu'il avait de mieux à faire vu les circonstances. Pas question qu'il reparte en Floride. Donner l'image des familles unies. Stevens chez ses parents qu'il n'aurait jamais dû quitter. Maureen dans sa maison de veuve, occupée à repriser son linge de veuve et à cuire des gâteaux si ça lui chante. Qu'elle rentre elle-même son bois et tue elle-même ses lapins. Il n'est pas convenable que Stevens habite chez elle. C'est Maureen la dernière qui a vu les petites, le soir du 31 août. Leur a offert du fudge chaud et sans doute des pommes acides de ses pommiers tordus.

Ses yeux délavés bien ouverts, pareils à des flaques, sa tête nue, comme nouvelle, jamais vue auparavant, surprenante dans sa nudité blonde. Mon frère Stevens n'a plus de chapeau. Il est assis sur une chaise droite, les coudes sur la table. En face de lui un étranger puant, avec un nœud papillon sale. Trop gras, la face et les mains trop molles, luisantes de graisse. Moi, avec mon petit couteau, bien racler tout le lard, jusqu'à l'os. On verra bien. Trop de peau à présent, flasque et luisante. Peux plus refaire une face humaine et des mains humaines. De la couenne. A jeter au chien. Il me regarde à présent, d'un air sévère comme s'il pouvait se douter de ce que je viens de faire avec mon petit couteau sur sa personne trop grosse et molle. Je ne dirai rien. Ni le petit couteau. Ni le gros et le petit bateau. Ni l'auto étrangère. Ni le chapeau perdu de Stevens. L'homme continue de me regarder comme s'il cherchait à voir dans ma tête, le petit couteau, l'auto, le gros et le petit bateau, le chapeau de Stevens, tout ça que je cache dans ma tête et qui me gêne pour dormir. Stevens se penche en avant sur la table, ravale sa salive, dit qu'il est fatigué. Répète pour la dixième fois, presque tout bas, en mangeant ses mots.

— Accompagné les filles sur la route avec Bob Allen jusque chez Maureen. Bob Allen rentré à cap Sauvagine. Vidé mon bateau. Rencontré le pasteur sur la grève. Fumé avec le pasteur. Discuté avec lui de la pêche au saumon qui est interdite depuis la fin de juin. Rentré chez mes parents. Pas revu les deux filles.

Les petits yeux pointus de l'étranger ont l'air de vouloir lui sortir de la tête. Sa bouche mince montre de toutes petites dents vertes. Les mots sortent de là visqueux et tachés de vert.

— A quelle heure êtes-vous rentré chez vos parents ?

Stevens dit neuf heures, tout bas, comme si ça n'avait aucune importance qu'on l'entende ou non. Il ajoute qu'il a entendu le train en arrivant à la maison. Il devait être neuf heures et quart.

Mon père, plus voûté que jamais, les bras trop longs, les cheveux hérissés sur la tête. Ma mère plus glacée que d'habitude. De la neige dure et blanche sur ses mains et sur son visage. Mes deux parents, évitant de se regarder, déclarent que Stevens est rentré vers neuf heures.

Ce n'est plus endurable. Je crois que je vais me mettre à crier.

Sans plus de refuge dans nos maisons que si elles n'avaient ni portes, ni fenêtres, nous sommes sans cesse visités, envahis, questionnés et forcés. Les policiers se sont installés à l'hôtel White, non loin du village. A toute heure du jour ou de la nuit, ils surgissent dans nos maisons et cherchent à nous prendre en faute, nous les gens de Griffin Creek qui sommes déjà dans le malheur. Les deux policiers sans uniforme, trench-coat et chapeau mou, devraient faire un peu plus attention à ce qui se passe ailleurs que chez nous, sur les grandes routes sillonnées par les voitures étrangères, poser des pièges aux frontières américaines et canadiennes, interroger tout le monde aux relais d'essence. Quelqu'un d'autre s'occupe de tout ça, voitures, frontière, postes d'essence, prétendent-ils, en entrant dans nos maisons sans frapper ni s'essuyer les pieds, claquant du talon. Ils sont trois policiers. Plus le chef Leroux qui vient, de temps en temps, de Québec.

Les fausses nouvelles nous arrivent de partout. Nos vieilles camionnettes se mettent en route sur les routes de sable, les côtes à pic, les soleils de fin d'été, les brumes de plus en plus épaisses et blanches. Stevens et son père,

160

Patrick et Sidney se précipitent sur les routes à toute heure du jour ou de la nuit, pour vérifier les nouvelles à mesure. A rivière Bleue on les a vues toutes rayonnantes, entre deux Américains, dans une Studebaker de couleur verte. La plus petite des deux avait sa tête sur l'épaule d'un des Américains. Ils fumaient des Players ou des Turrets. Ils sont entrés tous les quatre à l'hôtel de rivière Bleue, en riant beaucoup. Dès qu'on a pu les joindre on a bien vu que ce n'était pas elles. Plus grosses, plus vieilles, plus effrontées. Fardées et teintes. Impossible de se tromper. Furieuses d'être dérangées à l'hôtel avec leurs chums, la Studebaker verte arrêtée en face de l'hôtel avec sa plaque du New Jersey, les deux femmes nous ont chanté des bêtises.

Dans toute la province pas plus de petites Atkins que dans le creux de la main.

Des rumeurs jusque dans nos maisons, chuchotées le plus tard possible dans la nuit, lorsque nous sommes entre grandes personnes, les enfants couchés et les policiers retirés dans leur hôtel. Refaisons pour notre propre compte l'emploi du temps de tous et chacun, le soir du 31 août.

Le policier, le plus gras, celui que j'ai dégraissé avec mon petit couteau, ne s'en porte pas plus mal. Se reforme à mesure dans l'air vif de l'automne. Gras et luisant dans son trench-coat sale. Il sent les cabinets. Me bouche le nez quand il rentre dans la maison. Dis ça à mon frère Stevens pour qu'il se méfie. Il rit. Rire lui fait du bien. La mâchoire moins serrée après. Les creux des joues moins creux. M'a passé la main sur la tête comme avant. Me suis frotté la tête contre sa main comme avant le 31 août. Le 31 août. Dernier jour de l'été. Dernier jour du monde peut-être. Et si on vivait depuis ce temps-là, nous tous de Griffin Creek, assommés comme des vieux chevaux, sans savoir qu'on est morts ? Les deux policiers, le gros et le maigre, donné l'ordre de me laisser courir partout, à ma guise. M'ont lâché dehors comme si j'étais un chien, capable de suivre des pistes.

Je cours pieds nus sur la grève, à la limite des vagues. Les vagues me lèchent les chevilles avec leurs petites langues froides. Nora court devant moi. Je suis sûr que c'est elle. Ses cheveux couleur de feu, échevelés dans le vent. A grands pas elle disparaît devant moi. Une flamme vive, un instant, flotte au-dessus des vagues. Puis rien. Nora éteinte

162

comme la lumière. Soufflée comme une bougie. Refermé mes mains sur de la lumière morte. Un oiseau envolé. Absence. Le temps passé, perdu. Je pleure tout le long du chemin en rentrant à la maison. Le gros policier m'attend sur le perron. Il m'offre des bonbons à la menthe. Me demande de tout lui dire. Mes peines et mes chagrins. Puis brusquement il avance son gros visage luisant tout près du mien, me parle avec sa langue pointue, sur ses dents vertes, me demande si c'est bien vrai que Stevens a couché à la maison le soir du 31 août. Je pleure encore plus fort. Je me répète tout bas que Nora était rousse comme un irish setter, qu'elle gambadait comme un irish setter et que maintenant elle est perdue.

Mes parents jurent qu'ils m'ont enfermé dans ma chambre à huit heures précises, le soir du 31 août. Comme d'habitude.

Grimpé sur la corde de bois. Regardé par la petite fenêtre du parloir. Vu le gros policier questionner mon oncle Nicolas qui est pasteur. Vu mon oncle Nicolas debout dans le parloir. Sa haute taille ramassée, sa grosse tête encore plus près des épaules que d'habitude. Imposant quand même. Sacré. Lui devant qui tout le monde se tient debout et respectueux. Cette puanteur de policier est assise en face du pasteur. A osé s'asseoir quand le pasteur est debout. Le pain de suif que j'ai déjà anéanti regarde le pasteur avec insolence. Bien calé sur sa chaise de paille. Dans le petit parloir. Je cogne à la fenêtre pour qu'on m'ouvre. La fenêtre mal fermée s'ouvre toute seule. Je dois être invisible. Je ne dérange rien ni personne. La scène continue, comme si de rien n'était, entre mon oncle Nicolas et le détective. La belle voix de mon oncle Nicolas, faite pour ensorceler les gens, ne semble faire aucun effet sur le pain de suif.

— Rencontré Stevens sur la grève. Causé avec lui un moment. Rentré chez moi. Me suis couché très tôt. Lu dans mon lit.

Le policier se tortille sur sa chaise. On dirait que la paille de la chaise lui pique les fesses.

— A quelle heure êtes-vous rentré ?

— Vers neuf heures.

Le policier bondit de sa chaise comme si la paille était en feu, sous son derrière.

— C'est quand même extraordinaire ! Dans ce village, le soir du 31 août, tout le monde qui était dehors est rentré à neuf heures précises, comme un seul homme !

Cette idée d'un seul homme me fait rire comme si je voyais, mis bout à bout, mon oncle Nicolas, Stevens, Bob Allen, et les autres, en une longue tresse d'ail blanche et nacrée.

Mon rire dérange le policier. Il lève la tête vers la fenêtre.

— Décampe petit morveux !

Au lieu de décamper je me baisse et fais semblant de disparaître. Puis je me montre à nouveau, juste les yeux, pour apercevoir mes deux sœurs jumelles qui viennent témoigner en tablier bleu et tresses blondes. Elles parlent l'une après l'autre avec des voix si pareilles qu'on ne sait plus très bien laquelle est laquelle. Ce qu'elles disent d'ailleurs est pareil, dit d'une voix égale et têtue.

164

— Le pasteur est rentré à neuf heures.

Une des jumelles pourtant se sépare de sa sœur, tout d'un coup, avance de quelques pas, lourde d'un secret qu'elle ne peut retenir. Fascinée par l'autorité absolue du détective en face d'elle. L'autorité de mon oncle Nicolas ne faisant soudain plus le poids.

— Une fois couchée dans mon lit. Tournée et retournée dans mon lit. Pas capable de dormir. Trop mangé de porc frais au souper. Trop de lune à travers les rideaux. Entendu des cris dehors. Glacée par ces cris. Pensé que c'était des chats qui... Non, non ce n'était pas des chats...

La voix du détective se fait douce, presque tendre.

— Quelle heure était-il ?

— Je sais pas. Je sais pas. Il faisait trop noir dans la chambre pour voir l'heure au réveille-matin.

— Le pasteur était-il rentré lorsque vous avez entendu ce cri ?

Effrayée par quelque chose qui se trouve dans l'air même qu'elle respire, Pam recule de quelques pas. Rejoint sa sœur jumelle. S'aligne soigneusement avec elle sur le petit tapis. Répond très vite, tout essoufflée.

— Oui, oui, oui.

Occupé à lire Malachie, son préféré parmi les douze petits prophètes, mon oncle Nicolas n'a rien entendu. Ni mon autre sœur jumelle qui dormait, à ce moment-là.

Je cours sur la grève. Mes souliers pleins de sable. M'assois pour les vider. A la hauteur des vagues. Vois l'écume monter. Eclater. Gerbes blanches. Fracassées.

165

Fumées blanches sur le ciel. Les oiseaux sortent de la mer blanche d'écume. Prennent leur vol sur le ciel gris. Septembre. Plumes blanches d'écume. Plumes grises. Barres jaunes des fous de Bassan. Oiseaux d'écume blanche. Nés de la mer blanche d'écume. Leurs cris perçants sortis de la vague. Leurs becs durs creusant la vague pour sortir de l'eau. Oiseaux fous crevant leur coquille d'eau. Pour naître à nouveau. Emplissant le ciel de clameurs déchirantes. Tournent autour de ma tête. Me cassent les oreilles. Fini de vider mes souliers. Reste assis sur le sable mouillé. Pense très fort à mes cousines Nora et Olivia qui sont perdues. Et si ma grand-mère, un de ces quatre matins. Lorsque tout le monde dort dans les maisons. Les avait emmenées au large, toutes les deux ? Pour les perdre. Les noyer comme des chatons nouveau-nés ? La haute mer à l'horizon. Son ventre profond d'eau et de sable. Ses secrets bien gardés. Poissons vivants, bêtes mortes à la dérive, carcasses de bateaux, algues noires, jaunes, pourpres, vertes, ses paysages marins, ses routes et ses sentiers d'eau verte, ses lits de sable et de cailloux, ses tables de pierre. Ah ! Je n'ai plus de souffle. Filé un son très long. Penche ma tête sur mes genoux. Pleure dans le vent. Assourdi par le cri des oiseaux. Vont partir en bandes criardes. Bientôt. Pour la Floride. Mon frère Stevens avec eux. Mon frère Stevens de passage seulement avec nous, les gens de Griffin Creek. Pour l'été seulement. Comme les oiseaux crieurs. Son chapeau marron perdu au fond de la mer de par ici. S'en retournera sur les routes comme il est venu. Son petit baluchon sur l'épaule. Sa tête blonde toute nue, exposée au soleil, à la pluie, au froid de l'automne. Sans plus de refuge au sein de lui qu'une main nue dans le feu.

Bob Allen est interrogé et questionné, à cap Sauvagine, dans la maison de ses parents, un peu à l'écart du village. Des lilas aux feuilles froides de chaque côté de la porte d'entrée. Dans la cuisine le plus beau poêle à bois de toute la côte, immense, signé Eatonia. Acier poli, carreaux de faïence, nickel et miroir. La mère de Bob Allen est avec son fils. Sa forte poitrine moelleuse sous le corsage à fleurs, son bon gros derrière sous la jupe fleurie. Son visage rose. Ses cheveux raides comme des brins de balai. Elle vient d'enfourner, sous l'œil attentif du policier, un gâteau aux trois épices.

Le policier, le plus maigre et le moins mauvais de tous, flaire le gâteau qui cuit, se balance sur sa chaise au risque de déchirer le linoléum fraîchement ciré. Bob Allen se fige devant le détective comme un petit garçon que l'on gronde. Il répète qu'il a accompagné Nora et Olivia jusque chez Maureen et que Stevens était avec eux. Ensuite il a repris sa bicyclette et il est rentré à cap Sauvagine.

— Passé un bout de veillée chez Jeremy Lord qui est marchand, ramené un baril de clous sur mon porte-bagages, comme mon père me l'avait demandé.

Pour ce qui est de l'heure de son retour Bob Allen ne s'en souvient plus très bien. Il baisse la tête. Ses joues et ses oreilles deviennent rouges et brûlantes.

La mère de Bob Allen vient de sortir le gâteau du four. Ça embaume si fort que le policier se sent tout attendri. Il insiste pourtant d'une voix moins assurée.

— A quelle heure es-tu rentré chez toi ?

Silence de Bob Allen qui ne peut que respirer la senteur du gâteau, répandue dans toute la cuisine. La voix du policier lui parvient lointaine et dénuée d'importance.

Mme Allen démoule son gâteau. Le pose sur une assiette blanche, ébréchée. Personne ne parle plus. Le silence est plein de l'arôme de la pâte et des épices. La voix molle du policier répète :

— A quelle heure es-tu rentré chez toi ?

Bob Allen ne répond pas et regarde sa mère d'un air interrogateur. Mme Allen offre un morceau de gâteau au policier, affirme que son fils est rentré vers dix heures. Il rapportait les clous commandés par son père. Il est allé se coucher tout de suite dans la petite chambre du fond qui donne sur la cuisine.

Le policier avale goulûment.

Les yeux mi-clos, la bouche pleine, Bob Allen contemple sa mère avec reconnaissance. Ces drôles de petits cheveux raides qu'elle a, cette odeur de gâteau chaud sur sa peau. Enorme, comestible et nourrissante, sa mère le protège et le garde. Bob Allen raconte, d'une voix fluette, qu'il a quitté Nora et Olivia à la porte de chez Maureen Brown et qu'il ne les a pas revues.

— Quelle heure était-il ?

— Sept heures trente environ.

— Et puis ?

— Stevens m'a dit qu'il allait vider sa chaloupe sur la grève. Moi, je suis rentré, en bicyclette, à cap Sauvagine. Veillé chez Jeremy Lord.

Le détective, chaussettes à carreaux, gros souliers, mains noueuses, redemande un autre morceau de gâteau. Il mange lentement à présent, sans goûter semble-t-il, tout occupé à ruminer dans sa tête le rapport qu'il va faire à son collègue, ce soir, à l'hôtel White.

Le temps vire au froid. Cette nuit la gelée a touché les hydrangées chez Maureen. Les lourdes grappes près du sol, le long de la galerie, sont devenues roses et brunes.

Ce va-et-vient incessant d'hommes, de femmes, d'enfants, de chiens les accompagnant. Les gens de Griffin Creek font du porte à porte dans tout le comté.

— Vous n'auriez pas vu Nora Atkins et Olivia Atkins, nos cousines, nos sœurs, nos filles, qui sont disparues depuis le 31 août ?

En français, en anglais, la même question obstinée, obsédante. Tandis que les feuilles se mettent à tomber, que le sol devient plus dur sous nos pieds. Alors s'avance la terreur.

Et qui peut supporter le jour de son arrivée et qui peut rester debout à son apparition ?

La petite église de Griffin Creek retentit de nos prières. La voix du pasteur s'éraille comme celle d'un vieil ivrogne. La parole des prophètes passe par la voix abîmée du pasteur. On parle de Griffin Creek dans les livres saints.

169

J'ai livré ses montagnes à la désolation et son héritage aux chacals du désert. Et maintenant veuillez adoucir la face de Dieu pour qu'Il ait pitié de nous.

Qui aura pitié de nous, pense Perceval, les mains jointes, les yeux comme gelés dans sa face ronde, qui pourra adoucir la terrible face de Dieu.

La noirceur de plus en plus tôt. De plus en plus vite. Pressée de dévorer le jour. Cette espèce de manteau noir, rabattu sur nous. Une cage d'oiseaux verts et bleus recouverte brusquement par un drap noir. Après souper. La dernière bouchée avalée. Crac c'est la nuit. Plus de tour de clef. Plus de porte fermée. Je dors quand je veux. Je monte et je descends l'escalier, j'entre et je sors de la maison, à volonté. Mes parents ne s'aperçoivent de rien. Tout occupés à ne rien faire, assis sur leur chaise. Pas une parole entre eux. Pas un geste. Et pourtant pleins, tous les deux, à craquer, de pensées difficiles à supporter. Ils respirent vite. Comme essoufflés. Si les deux policiers les interrogent (celui qui sent les cabinets et l'autre qui sent la listerine) ; on pourrait croire que mes deux parents ont perdu la mémoire. Des petits oui, des petits non, des sais-pas, des silences épais. Quant à mon frère Stevens, à force de répéter la même chose, il a l'air de ne plus croire ce qu'il dit.

M'échapper de la maison, tout seul, en pleine noirceur. Sans que personne le remarque. Sentir la noirceur s'ouvrir au passage de moi. Comme la mer sous l'étrave d'un bateau. Goûter la nuit sur mon visage. Mes mains. Sentir la nuit fondre en gouttelettes noires sur mes vêtements. L'air sonore comme dans une grotte. Appeler Nora et Olivia. Mes appels avalés par la nuit épaisse, avant même qu'ils ne touchent le sol. Aussitôt nés aussitôt saisis par le silence. Cet énorme sphinx, caché dans la nuit noire, mangeur de paroles et de cris. Rien que de croiser sur la route le détective gras et luisant me fait vomir. Je le dégobille là, dans le ruisseau, cet homme puant, avec son nœud papillon. Aussitôt vu aussitôt rendu ce diable pourri. Il continue pourtant de marcher dans le noir comme si de rien n'était. Ses jambes courtes, ses bras courts, éloignés du corps. Le voilà qui disparaît sur la route. Un goût de fiel persiste dans ma bouche. M'essuie la bouche avec des feuilles mortes. L'odeur croupie des feuilles mortes sur ma bouche. Plus supportable que la senteur infecte du gros détective. Bien que vomi par moi dans le ruisseau, au bord de la route, Jack McKenna est toujours vivant. Se prépare à monter dans son auto verte pour aller à cap Sauvagine.

La maison d'Olivia illuminée dans la nuit. Les hommes d'Olivia veillent. Non pas en attente, immobiles, assis sur des chaises dans la cuisine. Mais entrant et sortant de la maison. Allant aux nouvelles. En revenant. Repartant encore. S'interpellant les uns les autres. Se reprochant les uns les autres de ne pas avoir mieux surveillé Olivia. Leurs visages barbus sont saisis au passage par la lumière crue de l'ampoule au-dessus de la porte, basculent aussitôt dans les ténèbres...

Là où il y a des pleurs et des grincements de dents, assure mon oncle Nicolas.

Moi, Perceval, en pleines ténèbres de nuit, bien enfoncé dans le noir, j'entends les ténèbres grincer tout autour de moi. Le camion de mon cousin Patrick grince aussi, avec la nuit, trépigne et grogne, bien qu'arrêté au bas du perron. L'éclat cru de l'ampoule électrique se balance sur le capot brillant. Mon cousin Patrick fait débouler la lumière de son vieux camion jaune. Deux longs traits de lumière blanche s'échappent du camion, se chargent d'insectes qui grésillent et poudroient. On dirait de la neige. Mon cousin Patrick parle fort, la tête à moitié sortie du camion, les cheveux pleins de lumière blanche et d'insectes tourbillonnants. Mon cousin Sidney, tout éclairé par l'ampoule au-dessus de la porte, crie quelque chose au sujet de Nora et d'Olivia. Mais la nuit avale aussitôt les paroles de Sidney et celles de Patrick. Rien à comprendre. S'il est vrai que le père d'Olivia se tient à son tour sous l'ampoule crue, vocifère et s'égosille, c'est en rêve que j'entends sa grosse voix bourrue affirmer que si on ne lui ramène pas sa fille, il ne répond plus de rien.

Les hommes d'Olivia sont des chats enragés. Ils crachent et leurs yeux brillent dans la nuit. Une de mes sœurs jumelles a entendu des cris de chat dans la nuit du 31 août. Mon Dieu et si c'était... Inutile de pleurer. Mes larmes se perdraient aussitôt dans l'espèce de sable noir humide qui coule de la nuit. Il vaut mieux contourner la maison d'Olivia, sans faire de bruit. Coller mon visage aux vitres illuminées. Flairer le ciment neuf sous la cuisine d'été. Olivia prisonnière peut-être ? Attachée avec des cordes ? Trop d'hommes pour une seule fille ce n'est pas normal. Lui ont fait prononcer un vœu. L'ont rendue tranquille comme une statue avec ses cheveux mousseux de chaque côté de son beau visage tranquille. Je cogne au soupirail depuis si longtemps déjà. Quelque part dans la nuit j'entends ma voix qui hurle. Hors de mon corps. Très loin de moi. Séparée de moi. Comme la tête vivante d'un poisson qu'on vient de trancher de son corps. D'un seul coup de couteau. Sur l'herbe rase des éclats de verre brillent. Mes doigts. Blessés. Je les regarde. Je les écarte, les uns des autres, comme des rayons. Pleins de sang. Longuement je les lave sous l'eau de la pompe dans la cuisine de mes parents. La bouche largement ouverte pour le passage du cri.

174

Ils se sont mis à deux pour questionner Maureen qui a toujours refusé de les recevoir, alléguant qu'elle était malade. Les voici, ce matin, qui s'assoient en face de Maureen, dans sa cuisine peinte en vert bouteille. Les yeux exorbités de Maureen vont de McKenna à Richard, puis sur les deux chapeaux d'homme posés sur la table, pour enfin se fixer sur le calendrier Old Chum accroché au mur. Son visage couleur d'ivoire devient rose, par moments, se couvre de sueur. Elle ne fait rien pour essuyer son visage, debout, les deux bras le long du corps, comme si c'était son idée d'être exposée sur la place publique avec ses bouffées de chaleur et son âge de femme mûre, suante et outragée. « Tu es vieille, trop vieille pour moi », lui a dit Stevens, le soir du 31 août. Le 31 août, le 31 août, répète-t-elle, le temps s'étant arrêté dans sa tête, à cette date précise. Sa vie tout entière résolue d'un coup, le soir du... La jeunesse de Nora et d'Olivia, intacte et radieuse, se pose un instant en face de Maureen pour la narguer avant de... Quoi qu'on fasse, quoi qu'on dise, elles auront toujours quinze ans et dix-sept ans. Autant en prendre son parti et considérer le temps comme clos à jamais. Feindre de s'adresser au calendrier sur le mur, tandis que les deux policiers lui posent toujours les mêmes questions. Les bonshommes Old Chum sont autrement rassurants que les policiers. Bien à plat sur le papier, sans épaisseur, ni vie réelle, ils gardent la pose et n'en finissent pas de sourire. Le bonhomme en rouge, le bonhomme en vert. Leurs gilets boutonnés. Leurs airs anglais. Leurs longues pipes. Un nuage de fumée. Les lettres énormes Old Chum. Elle ressasse ce que tout le monde sait. L'heure de l'arrivée des deux cousines. L'heure de leur départ. Puis elle s'arrête, hors de souffle. Toute parole en elle coupée à sa racine, là où tout n'est que danger, rumeurs et confusion. McKenna la pousse un peu plus dans cette région interdite, semble vouloir projeter une lumière crue jusque dans son cœur. Elle baisse la tête. Se met à fixer le bout de ses souliers neufs. Ne peut s'empêcher de les trouver jolis avec leurs barrettes fines. Oui, oui, oui, elle n'était pas encore couchée lorsque le père de Nora tout affolé est venu frapper à sa porte, vers onze heures trente, le soir du 31 août. Ne pouvait dormir. Trop fatiguée et nerveuse. Regardé le clair de lune, par la fenêtre de la chambre du haut. Vu un homme remonter de la grève par le sentier, jusque sur la route. Pas reconnu cet homme...

— Il faisait pourtant un magnifique clair de lune ?

— Pas reconnu, pas reconnu...

Répète-t-elle, sans lever la tête, ses souliers neufs ne trouvant plus grâce à ses yeux, tandis que le plancher plein de nœuds bouge sous ses pieds, comme soulevé par les vagues. Elle s'accroche à la table pour ne pas tomber. Rabâche comme une vieille femme : pas reconnu, pas reconnu. Frissonne des pieds à la tête. Dit qu'elle est malade.

— Quelle heure était-il quand vous avez vu cet homme remonter le sentier de la grève ?

De nouveau le calendrier sur le mur avec les deux bonshommes Old Chum. Leur fixité rassurante. Ne plus voir qu'eux. Tandis qu'à ses pieds le monde bouge et tremble. Une heure précise entre toutes n'en finit pas de cogner dans la tête de Maureen. C'est sans danger de parler à voix haute de cette heure-là puisqu'elle n'a pas reconnu l'homme qui... Autant leur répondre, une fois pour toutes, les calmer en quelque sorte avec une phrase bien nette. Sa voix détachée et claire.

— Onze heures moins dix. Il était onze heures moins dix, à ma grande horloge Big Ben, quand j'ai vu l'homme remonter le sentier jusque sur la route.

177

Quand le vent s'arrête tout à fait. Chose rare. Reprend son souffle un instant. Fait le mort. Le soleil s'arrête aussi. Toute vie suspendue. La respiration de l'air devient visible, vibre doucement. J'ai vu ça. Moi, Perceval, fils de John et de Bea Brown. Vu de mes yeux vu. Le jour respirer. La première fois je n'étais pas encore au monde. Vu par le nombril de ma mère comme par une petite fenêtre. La seconde fois c'était hier sur la grève. Un tel silence soudain. Même les mouettes saisies par ce silence incompréhensible. Ce pur souffle de l'air. Sans vent. Les vagues muettes balancent la chaloupe de mon frère Stevens, attachée à un pieu planté dans le sable. Avant que ne reprenne le vent en bourrasques folles et que ne recommencent les vagues bruissantes, aperçu un objet brillant sur le sable. Cet objet bleu a sans doute profité de l'absence du vent et de l'arrêt de toutes choses pour se poser là, sur le sable. Le retour de la vague le baigne et le rend plus bleu. Il se sèche au soleil. Se couvre d'eau à nouveau. Subit le va-et-vient de la vague. Je le prends dans ma main avec précaution comme un poisson vivant et brillant. Cet objet rond, ce bracelet bleu, venu du fond des mers.

Rapporté le bracelet à la maison. Passe de main en main. Chaque main semble ne pas vouloir le rendre. Le bracelet bleu se fige au creux des paumes. Est tourné et retourné avec précaution. Pareil à un objet maléfique. Pas une parole échangée. Des gestes seulement. Le bracelet va de l'un à l'autre. Devient de plus en plus maléfique. Se charge de maléfices. L'absence de parole gêne d'autant plus que nos pensées à tous sont déjà mûres et volettent dans la pièce, ressemblent aux papillons de nuit autour d'une lampe. J'entends si fort ce que pensent mon père et ma mère que je me mets à pleurer. Le silence de Stevens.

Pas revu le bracelet bleu.

Après le bracelet, la ceinture. La mer est grande, ses vagues vont partout, sur les grèves et les crans. La ceinture a été rapportée par la marée sur une grève étrangère. Des étrangers l'ont ramassée. A cap Sec. Des étrangers ont téléphoné au magasin général de Griffin Creek. Pour prévenir les gens de Griffin Creek. Quand les étrangers ont téléphoné j'étais là avec mon père. Moi regardant les bonbons à travers la vitrine. Lui examinant un licou de cuir noir doublé de feutre rouge, accroché au mur parmi les harnais et les fouets. Une odeur de cuir neuf. Le téléphone fixé au mur à côté des harnais. Dans l'odeur du cuir. S'est mis à sonner. Un geste brusque de mon père. C'est lui qui décroche comme s'il était chez lui. Ecoute. Ne dit rien. Raccroche. Sort du magasin comme un fou. M'ordonne de le suivre. La vieille Ford de mon père comme une boîte noire dévernie, mate, couleur corbillard. Ses larges marchepieds gris cannelés. Mon père et moi dans l'auto qui sautons sur les cailloux de la route. Stevens pris au passage. La poussière nous aveugle. A cap Sec m'ont laissé

179

dans l'auto. Mon père et Stevens pas pris le temps d'ouvrir la barrière de bois. L'ont cassée. A coups de pied. Se sont précipités. Sont ressortis de la maison étrangère. On voit très bien la ceinture rose, le bout avec une boucle métallique, dépasser de la poche de mon père. Une fois à la maison mon père jette la ceinture dans le poêle qui chauffe pour le souper. Une odeur de roussi se répand dans la cuisine, tandis que je mange ma soupe aux pois. Je pense à la robe rose de Nora. Mais je ne le dirai à personne ou je serai fouetté.

Plus jamais les fougères vertes et l'enfance verte. Nora et Olivia sont perdues. Aujourd'hui me suis roulé dans les fougères rousses de l'automne. L'odeur rousse, trop forte, me suffoque. La senteur verte des petites Atkins est finie. Sont devenues trop grandes tout à coup. Des vraies femmes avec leur sang de femme qui coule entre leurs cuisses tous les mois. C'est Stevens qui me l'a dit. Auraient dû rester petites comme avant. Joué ensemble à faire du pain sur la grève. Pêché des queues de poêlon dans le creux des rochers. Tout ce qui est arrivé c'est la faute à l'enfance révolue. Que tout redevienne comme avant. Olivia, Nora et moi ensemble sur la grève. Leur odeur. Fougère, fougère, j'aime les jeunes fougères vertes, leurs crosses de violon qu'on mange en été, avec du beurre et du sel. Me roule dans les fougères rousses de l'automne. Seul. Tout seul.

S'il vient quelque chose encore ce sera du côté de la mer.

Chaque vague examinée par moi. Scrutée dans ses secrets, camouflés d'écume. Chaque vague éprouvée dans sa tension et son soulèvement. Chaque vague soufflée par moi lorsqu'elle s'étend sur le sable et meurt. Le résidu de chaque vague épié, surveillé. Sa mousse blanche, ses cailloux gris ou veinés de rouge, ses pâles herbes marines en bouquets mouillés, ses algues brillantes, ses agates, ses bouts de bois et de verre bleu. Cette dentelure de débris sur le sable. A marée basse les gens de Griffin Creek marchent sur la batture. Tête basse. L'air de chercher des agates. L'empreinte de leurs pieds aussitôt posée, aussitôt effacée par l'eau souterraine qui affleure sur le sable mou. Des monstres d'hommes sont venus aussi, habillés de caoutchouc, de masques et de tuyaux. Explorent le fond de l'eau. Draguent sous l'eau comme de lourds poissons informes. A tant examiner le sable de la baie feront sortir toutes les créatures marines qui dorment sur un lit de sable, les feront monter à la surface, dans un bouillonnement de bulles. S'il est vrai que mes cousines vivent à présent parmi les poissons, les hommes de caoutchouc les feront sortir de leurs trous de vase, les ramèneront sur la grève, couronnées d'algues, toutes blanches et les yeux grands ouverts.

Le manteau ! Pas moi qui l'ai trouvé. Ni mon père. Ni Stevens. Mais le père de Nora marchant à deux pas devant moi sur la grève, la tête penchée, les yeux sur le sable mouillé. Le manteau flasque, roulé comme un torchon. Perdu tout son apprêt. Là sur le sable en tas. Si mouillé qu'il semble noir. Tout de suite pensé à Olivia. Au manteau noir d'Olivia. Tout le monde pensé à Olivia. A mesure qu'il sèche on voit bien qu'il est brun et non pas noir. Le manteau de Nora dit son père. Poudré de sable et de sel, d'herbes et de coquillages. Le manteau de Nora gâché, abîmé, perdu. Et Nora, Nora, Nora qui est rousse et rieuse. Nora répètent le père et la mère. Tandis que le manteau est étendu sur la table de la cuisine. Très vite McKenna enveloppe le manteau dans du papier gris. Pièce à conviction, dit-il en rencognant ses petits yeux pointus au fond de leurs orbites.

183

Les policiers nous surveillent et nous épient sans cesse. Nos paroles, nos silences, nos moindres gestes, notre immobilité même, jusqu'à notre sommeil, sont passés au crible. Celui qui nous trahira nous fera tous basculer dans le déshonneur.

A cap Sauvagine, les Jeremy Lord ont confirmé la visite de Bob Allen, dans la soirée du 31 août. N'ont pu dire à quelle heure il est arrivé ni à quelle heure il est parti.

Les arbres de l'automne sont à leur plus beau. L'or, le bronze et le feu en bouquets fous sur le ciel d'un bleu cru. Bien qu'on soit en plein jour Maureen a tiré les stores sur toutes ses fenêtres. Cela fait de drôles de fenêtres aveugles, d'un vert laiteux. Il y a des petits trous de formes différentes dans les stores de Maureen par où s'infiltre le soleil. Des petits pois de soleil, des minuscules déchirures de soleil dansent sur la courtepointe. Jusque sur le front de Maureen qui met sa main sur ses yeux. Puis se retourne contre le mur. On dirait qu'à présent les paillettes de lumière picotent son dos comme autant de pointes de feu. Maureen tire la couverture par-dessus sa tête. Bien à l'abri, au fond de son lit, elle répète, à moitié étouffée : mon Dieu, mon Dieu.

En bas, on cogne à la porte, on secoue la porte, on tape à tour de bras. On hurle : Madame MacDonald ! Madame Macdonald !

Ses pieds maigres dans des pantoufles de feutre. Elle met son manteau par-dessus sa chemise de nuit. Tandis qu'en bas on continue de taper et de crier après elle.

Maureen s'excuse de ne pas être encore habillée à onze heures du matin. Dit qu'elle est malade. McKenna montre ses vilaines dents, affirme qu'il aime prendre les gens au naturel. Sans enlever ni son manteau ni son chapeau, il s'installe à califourchon sur une chaise. D'une chiquenaude fait basculer son chapeau en arrière de sa tête.

Perdue dans son manteau trop grand Maureen dégage une main pâle, lève le bras avec peine, effleure du bout des doigts sa lourde chevelure sombre, filetée de blanc.

— Pourquoi Stevens qui a passé tout l'été chez vous vous a-t-il quittée le soir du 31 août ?

— Les travaux d'été étaient finis, plus besoin d'homme engagé. Il voulait voir ses parents avant de retourner en Floride.

— Avez-vous vu Stevens dans la soirée du 31 août ?

— Oui, vers sept heures trente. Stevens et Bob Allen étaient avec les filles quand elles sont arrivées chez moi.

— L'avez-vous revu plus tard dans la soirée ?

— Oui, au moment des recherches. Quand le père de Nora est arrivé ici avec un des frères d'Olivia.

— Quelle heure était-il ?

— Onze heures trente, je pense.

— Quel air avait-il ?

— Son air ordinaire.

Le vent d'est a soufflé pendant trois jours et trois nuits. On entend le fracas de la mer à travers les maisons fermées. Passe par le trou des serrures, les interstices entre les planches, le creux des cheminées. Mes mains sur les oreilles je perçois encore le souffle rauque de la mer. Me respire sur la face sa grosse haleine salée. Le vent a mangé le soleil. Plus de soleil le matin qui se lève à l'horizon là où se trouve la source du soleil. L'est occupé par le vent. Le vent étouffe le soleil qui ne paraît plus. Une lueur violette remplace le soleil. On y voit comme en plein jour. Mais tout le monde sait que ce n'est pas le soleil. Trop foncé. Couleur d'éclair. Pas l'éclair zigzag sur le ciel. Mais un reflet d'éclair violet répandu partout, étalé sur la mer et le ciel. Les arbres se lamentent, se courbent et se redressent. Des branches cassent, sont emportées par le vent. Des tourbillons de feuilles traversent la route, vis-à-vis de notre maison. Les arbres échevelés et craquants se dépouillent de l'été, dessinent leur forme d'hiver, pure et nue. Par moments des cataractes de pluie tombent sur les maisons, les bois et les champs, rejoignent l'eau de la mer, en gouttes pressées, grésillantes. Puis tout se sèche dans l'air violet, sous le vent sec. Pas un pêcheur ne se risque encore sur la mer. Stevens a dû mettre son bateau à l'abri, dans la cabane. Au bout du troisième jour le vent d'est s'est couché à notre porte en grognant, comme un chien. Mon père a décidé d'aller ramasser des clams, la mer étant encore trop mauvaise pour pêcher. Mon gros sweater rouge par-dessus ma salopette, mes bottes en caoutchouc, mon couteau à la ceinture, comme Stevens, un seau au bout des bras, je pars avec mon père pour ramasser des clams.

On voit bien que la grève a été brassée et retournée comme une terre labourée, dans le plus grand désordre. Des débris de toutes sortes, des billots entiers, des bouts de bois, des guirlandes de varech vert ou rouge, jaune, une petite bouilloire rouillée, une roue de bicyclette tordue. J'ai de l'eau jusqu'aux genoux. A trente pieds environ devant moi mon père s'est arrêté. Il examine le fond de l'eau avec attention. Plus courbé que jamais, ses cheveux en piquants drus sur sa tête on dirait un martin-pêcheur, fasciné par sa proie, entre deux eaux. Mon père se retourne et m'appelle. J'avance vers mon père, éprouvant la résistance de l'eau à chaque pas. Mes bottes sont de plomb, mes genoux semblent impliables. Bientôt l'eau glacée dépasse la hauteur de mes bottes, s'infiltre à l'intérieur de mes bottes, me mouille les genoux et les cuisses. Je regarde ce que regarde mon père. Comprends pas ce que nous regardons dans l'eau glacée, mon père et moi. Je vois mais je comprends pas. Veux pas comprendre. Regarder seulement. Un malheur est arrivé à Griffin Creek et nous le regardons ce malheur, entre deux eaux, mon père et moi, en refusant de comprendre. Le premier mon père bouge une jambe, puis l'autre. Dit qu'il a froid et qu'il faut se dépêcher avant que ne monte la marée. Je dis : « Un corps mort ? » Mon père dit : « Aide-moi. » De gros nuages plombés passent sur le ciel. Toujours cette lueur violette partout sur le ciel et la mer. Des rayons percent la surface de l'eau. Font des points lumineux dans cette pauvre carcasse, sans bras ni jambes, étendue là à nos pieds, dans trois pieds d'eau. Une chose qui n'a pas de nom. Ne peut en avoir. Innommable. Même si mon oncle Ben prétend que c'est sa fille Nora. Non ce n'est pas vrai. Impossible de comprendre et de nommer. Pas eu encore le temps. Vu seulement avec mes yeux. L'image pas encore entrée dans ma cervelle. N'a pas de nom. Ne peut en avoir. Sa robe rose déchirée. Inutile de l'appeler Nora. De prétendre qu'elle est Nora comme le fait mon oncle Ben. Ça vient de la mer, du fond le plus creux de la mer et les poissons l'ont à moitié dévoré.

John Erwin McKenna a été détective à Montréal pendant quatorze ans. Il est devenu entrepreneur en construction. Le chef Leroux de Québec l'a fait venir exprès pour questionner les habitants de Griffin Creek. Sous prétexte qu'il est de langue anglaise et plus habile à confesser les gens qu'un prêtre catholique. Depuis la découverte du corps de Nora, Stevens et Bob Allen sont interrogés plusieurs fois par jour. Il n'y a plus qu'eux qui semblent intéresser les policiers.

Il entre sans frapper. Crie : Tout le monde dehors ! C'est à Stevens que je veux parler ! Mon père et ma mère sortent, sans barrer la porte. Moi, je me cache dans le bûcher sous l'escalier. McKenna se déshabille. Manteau, chapeau et veste sont jetés pêle-mêle sur une chaise. Il a l'air fringant comme s'il préparait une bonne blague. En bras de chemise, avec des élastiques bleus et rouges pour retenir ses manches trop longues, le gilet déboutonné, il inspecte les lieux. Tandis que Stevens, immobile, près de la table, le regarde aller et venir. Il y a une fente dans la porte du bûcher. Je vois très bien les préparatifs de McKenna et mon frère qui ne bouge pas. A force de fureter partout McKenna a fini par découvrir la petite chambre construite sur la galerie et qui n'a pas de cave, ni d'électricité. McKenna se frotte les mains. Dit à Stevens de le suivre. Allume une vieille lampe à l'huile qui se trouve là avec son globe. Se frotte les mains encore une fois. Remet sa veste car il fait froid dans la petite chambre qui sert de débarras. Stevens à son tour entre dans la pièce. McKenna referme la porte. Je ne vois plus personne. Les entends chuchoter. Plus aucun mot distinct. La voix basse, têtue de Stevens. Une leçon bien apprise, lassante à répéter. La voix de McKenna, claire et animée,

190

éclate, à intervalles réguliers, nette et sonore, en un refrain joyeux.

— Allons, raconte-moi toute l'affaire.

J'entends aussi :

— Tu te sentiras mieux après.

Plus rien ne passe au-dehors depuis un bon moment déjà. Ni son. Ni souffle. Ni air respirable. Le silence dure derrière la porte là où sont enfermés mon frère Stevens et McKenna. Un si long tête-à-tête. Un corps à corps plutôt. Je suis sûr qu'ils se battent dans le silence épais. La vie de quelqu'un en jeu. Se respirent dans la face l'un l'autre. S'épuisent l'un l'autre comme des lutteurs forcenés. La même sueur mauvaise transpirée par McKenna et par mon frère. L'odeur de tanière suinte sous la porte. M'atteint dans mon cagibi. Ah ! Tant d'attention m'épuise. A bout de force. Envie de dormir.

Après un petit somme, tout recroquevillé parmi les bûches. Ouvre un peu la porte du bûcher. Pour respirer et m'étirer les jambes. Il n'y a presque plus de bois dans le bûcher. Des bouts d'écorce, des éclats, de la sciure. Une odeur de bois à vous faire éternuer. J'entends des pas dans la petite chambre. Me rencogne dans ma cachette. Peur d'attraper des échardes. Mon frère Stevens ouvre la porte de la chambre. S'appuie au chambranle. Se met en marche dans la cuisine. Avec peine. Comme s'il cherchait ses pas à mesure. Se demande chaque fois quel pied il va poser par terre. Ça ne ressemble pas à mon frère Stevens. Sans regard. Ni fierté. Les traits tirés. Les jambes et les bras trop longs. L'air égaré. Il boit à la pompe de la cuisine. Il met son visage sous l'eau. Pompe à tour de bras. Se relève. S'essuie la figure, le cou et les cheveux avec son mouchoir.

191

La voix forte de McKenna appelle dans la pièce à côté.

— Reviens ici. J'ai encore quelques petits détails à te demander.

Mon frère Stevens retourne dans la chambre, l'air d'un chien qu'on tire par sa laisse et qui se résigne mal à obéir. La voix de McKenna se fait implorante, douce, presque tendre.

— Tu comprends, il faut absolument tirer ça au clair. Je suis venu pour ça.

Il répète, rassurant et jovial.

— Tu te sentiras mieux après.

La porte se referme sur Stevens et McKenna. La voix de Stevens de plus en plus lointaine. Une sorte de murmure monotone, interminable, que n'interrompt plus McKenna. Soudain le fil tendu de la voix de Stevens casse. Le silence à nouveau prend toute la place. McKenna fait le mort derrière la porte. La maison tout entière fait la morte avec McKenna. Les murs, les planches, les poutres, les portes et les fenêtres, les meubles et les rideaux et moi, tout courbatu dans mon cagibi. La campagne alentour, en apparence morte, en réalité attentive comme un chat qui guette une souris. Encore un peu et le secret de mon frère Stevens va s'échapper de lui et trottiner devant nous, sur ses petites pattes de souris, dans le silence intolérable. Il faut le prévenir tout de suite, avant qu'il ne soit trop tard. Je sors de ma cachette. Je pousse la porte de la petite chambre. L'odeur de Stevens et de McKenna mêlée ensemble me monte au visage. Je reste là, planté sur mes deux pieds. McKenna sort une petite bouteille de sa poche. Mon frère Stevens fait « non » de la tête. Son cou cassé. Sa tête penchée sur sa poitrine. Sur la table un dessin pâle au crayon. Ressemble à un plan du cadastre. Le crayon jaune a une gomme rouge au bout. Le globe de la lampe est noir de suie.

— Sois un homme. T'en fais pas.

McKenna remet sa veste. Empoche le dessin sur la table. M'écarte de la porte. Un instant après on entend le moteur de son auto qui démarre en trombe.

Il y a un peu de neige dans le creux des rochers. C'est plein d'étrangers sur la grève. Par un beau matin de novembre froid et sonore. Engoncés dans leurs manteaux d'hiver ils portent des pelles et des pioches. Ils creusent des trous dans le sable. Se passent de main en main le plan dessiné par Stevens. Ont l'air de jouer à Runchiprun. N'ont qu'une idée en tête. Prendre mon frère Stevens en faute. Le jeter tout vivant dans un de ces grands sacs de toile grise qu'ils traînent avec eux sur la grève pour y mettre les pièces à conviction, disent-ils.

Avant de partir ils ont retiré la mer comme un tapis que l'on roule à l'horizon. Ils ont emmené mon frère Stevens dans une grande auto noire, brillante. Quelqu'un dit que Jack McKenna a déjà empoché deux cent cinquante dollars, soit la moitié de la prime promise pour la capture de Stevens. Le sable mouillé à perte de vue devant moi. Les rochers secs ou mouillés font des bosses pointues par-ci par-là sur la batture. Je dois cligner des yeux très fort pour retrouver la mer au loin, mince ligne liquide en bordure du ciel. Quelqu'un dit que mon frère Stevens est en prison dans une ville d'asphalte et de brique. Très loin. Plus loin que la batture de sable. Plus loin même que l'horizon liquide. L'enquête du coroner. Le cliquetis de la machine à écrire. Je vois très bien le soulier jaune pointu de McKenna donner un coup sur la jambe de mon frère Stevens. Pour lui faire dire qu'il est un assassin. Le bruit de la machine à écrire avale à mesure les mots de mon frère. C'est comme s'il ne disait rien du tout. Trop de bruit. McKenna prétend qu'il entend. Moi, je sais qu'il ment. Les mots de Stevens coulent dans la mer. Ne seront jamais repêchés dans le vacarme de l'eau. Une grande étendue plate couleur d'huître grise. Au-delà la mer et l'océan. La Floride. Les orangers en fleur. Les serpents. Les couteaux. Mon frère qui accroche ses mains maigres aux barreaux d'une prison. Et Olivia qui n'est pas revenue à Griffin Creek. Depuis le soir du 31 août. N'a pas été rejetée par la marée, comme Nora, sur la grève de Griffin Creek. N'a pas été sommée par son père et ses frères de sortir de sa forme de carcasse et de dire voilà c'est moi, Olivia. A pris le chemin de l'océan. Est devenue un pur esprit d'eau, une brume légère, une buée sur la mer. Nora n'est pas plus revenue à Griffin Creek qu'Olivia. Même si son père et sa mère l'ont identifiée et appelée par son nom. S'adressant à une chose sans nom qui n'était pas Nora. Ne pouvait être Nora vivante et rieuse, flambante dans le soleil. Nul n'a le pouvoir d'appeler les morts et de les faire surgir de leurs os. Nora n'est pas plus revenue à Griffin Creek qu'Olivia. Même si on prétend que Nora est enterrée dans le petit cimetière qui domine la mer. Mes deux cousines sont perdues au fond de l'océan. Ni père ni mère, ni frères ne les sortiront de là à jamais. Je m'épuise à tant chercher la ligne de partage des eaux. En aucun temps vu la marée aussi basse. La marée ne reviendra peut-être plus sur la terre de Griffin Creek, en vagues grondantes, chantantes. Retrouve un instant la barre presque invisible de l'eau qui miroite. Des éclats d'argent sautent au loin comme des poissons brillants. Mes cousines brillent au loin comme des poissons d'argent. Sautent dans l'air bleu, éclatent en bulles d'argent. Leurs rires éclatés bondissent jusqu'au ciel, en gouttes légères, touchent le soleil, grésillent comme l'eau sur le feu. En aucun temps vu la marée aussi basse. L'océan si loin. Trop de vent.

OLIVIA DE LA HAUTE MER

sans date

Ton cœur se brisera
et tu deviendras écume sur la mer.
H.C. Andersen

Il y a certainement quelqu'un qui m'a tuée. Puis s'en est allé. Sur la pointe des pieds.

Les haies d'églantines n'ont plus de parfum. Le jardin de Maureen est envahi par les mauvaises herbes, des roses blanches persistent contre la clôture, dégénérées et sans odeur. Les pommiers noirs et tordus sont tout à fait morts maintenant. Le jardin du pasteur sent l'ail et le poireau. La forêt se rapproche de plus en plus des maisons de bois, éparpillées, au milieu des champs en friche où foisonnent les épilobes. Ma senteur forte de fruit de mer pénètre partout. Je hante à loisir le village, quasi désert, aux fenêtres fermées. Transparente et fluide comme un souffle d'eau, sans chair ni âme, réduite au seul désir, je visite Griffin Creek, jour après jour, nuit après nuit. Dans des rafales de vent, des embruns légers, je passe entre les planches mal jointes des murs, les interstices des fenêtres vermoulues, je traverse l'air immobile des chambres comme un vent contraire et provoque des tourbillons imperceptibles dans les pièces fermées, les corridors glacés, les escaliers branlants, les galeries à moitié pourries, les jardins dévastés. J'ai beau siffler dans le trou des serrures, me glisser sous les lits sans couvertures ni matelas, souffler les poussières fines, faire bouffer le volant de cretonne fanée du cosy-corner dans le petit salon de ma cousine Maureen, me faufiler toute mouillée dans les songes de mon oncle Nicolas, emmêler les tresses blondes des petites servantes de mon oncle Nicolas ; celui que je cherche n'est plus ici.

Ah ça ! l'horloge de la vie s'est arrêtée tout à l'heure, je ne suis plus au monde. Il est arrivé quelque chose à Griffin Creek. Le temps s'est définitivement arrêté le soir du 31 août 1936.

Dans le petit salon fermé qui sent la cave, l'heure immobile est affichée sur le cadran doré de l'horloge de ma cousine Maureen. Parmi l'abondance des napperons au crochet et les bibelots minuscules, l'écho de la demie de neuf heures persiste comme un songe dans l'air raréfié. Neuf heures trente. Je puis remonter le temps jusque-là, jusque-là seulement. A peine plus loin. Jusqu'à ce que... Mes os sont dissous dans la mer pareils au sel. Il est neuf heures trente du soir, le 31 août 1936.

J'ai dix-sept ans et ma cousine Nora quinze ans. Ma cousine Maureen n'a plus d'âge quoique depuis quelque temps sur son lisse visage de veuve passent des ondes mystérieuses. Pâleurs, rougeurs subites, battements de paupières, sourires intempestifs, autant de signes d'une vie nouvelle et secrète.

Ma mémoire ressemble à ces longues guirlandes d'algues qui continuent à croître, à la surface de la mer, après qu'on les a tranchées. Je ne puis m'empêcher d'entendre sonner la demie de neuf heures. Un carillon solennel emplit la maison de bois de ma cousine Maureen. Sa seule richesse, cette horloge, pense-t-elle, jusqu'à ce qu'il apparaisse, lui, mon cousin Stevens, dans l'encadrement de la porte. Non, non, ce n'est pas Maureen qu'il regarde à travers le grillage. C'est moi qu'il regarde et c'est un autre jour, dans la maison de mon père. Je repasse des chemises dans la buée chaude du fer.

Pourquoi ne pas s'en tenir au mur de planches vert bouteille de la cuisine de Maureen. Les nœuds de bois renflés sous la peinture brillante. Rien n'est encore arrivé et je suis vivante. Me raccrocher au portrait de George V, cloué par quatre punaises dorées. Sa barbe de roi bien taillée. Lui faisant face sur l'autre cloison les deux bonshommes du calendrier Old Chum fument des pipes interminables. L'éternité ressemble à cela, de pauvres chromos fixés au mur. Tant que dureront les parois lisses de la mémoire. Le tic-tac de l'horloge dans la pièce ; à côté. Le rire de Nora en cascade. La voix sourde de Maureen. Moi qui n'achève aucune phrase. Trop pressée par l'urgence de vivre. Le fudge tiède fond dans nos bouches. Nous n'avons que juste le temps avant que ne sonne la demie de neuf heures. Promis à ma tante Alice de rentrer tôt.

Ma cousine Maureen soudain parle trop fort, par-dessus nos têtes à Nora et à moi. Sans nous voir, semble-t-il. Comme s'il s'agissait d'atteindre quelqu'un de caché très loin dans la campagne. Dès que nous serons parties, j'en suis sûre, Maureen va s'emplir les oreilles et la tête du bruit régulier et monotone de sa superbe horloge, l'écouter tel un cœur vivant, sensible au seul passage du temps, pareille à quelqu'un qui attend furieusement une grâce improbable.

201

Et puis qu'est-ce que ça peut bien me faire que ma cousine Maureen attende quelqu'un ou non ? Non, non, ce n'est pas Stevens. Son homme engagé seulement. Pour l'été. L'été seulement. Et puis ma cousine a au moins cinquante ans. Mon Dieu est-ce possible que l'été soit déjà fini. Déjà le 31 août et il ne s'est rien passé. Si pourtant, la mort de ma tante Irène, l'arrivée de Stevens. Non, non ce n'est pas ça. Je veux dire qu'il ne m'est rien arrivé à moi de particulier. J'ai eu dix-sept ans le 13 juin et il ne m'est rien arrivé de particulier. Le soir du barn dance Stevens a dansé avec moi. La chaleur de son corps tout près du mien. Son odeur de tabac et d'alcool. Ses yeux en vrille sous l'ombre de son chapeau. Un matin il m'a prise dans ses bras comme je sortais de l'eau, toute ruisselante, un instant seulement, avant que n'arrive mon frère Patrick. Je me suis débattue dans le soleil et l'eau, semblable à une anguille entre ses mains. Je suis forte et ne me laisse pas faire si facilement. Un jour, mon amour, nous nous battrons tous les deux sur la grève, dans la lumière de la lune qui enchante et rend fou. Sans grâce ni merci. Jusqu'à ce que l'un de nous touche le sable des deux épaules, le temps de compter une minute. Mon Dieu j'ai dit « mon amour », sans y penser comme si je chantais. Non, non, ce n'est pas vrai. Je rêve. Cet homme est mauvais. Il ne désire rien tant que de réveiller la plus profonde épouvante en moi pour s'en repaître comme d'une merveille. La plus profonde, ancienne épouvante qui n'est plus tout à fait la mienne, mais celle de ma mère enceinte de moi et de ma grand-mère qui...

Fous rires avec ma cousine Nora. De gros morceaux de fudge très noirs nous barbouillent les dents et la langue. C'est amusant de faire des visites. Maureen nous regarde

202

fixement toutes les deux, avec ses gros yeux d'eau verte, scandalisés dans leurs orbites. Parfois Maureen rit avec nous. Mais ses yeux ne bougent pas (continuent de nous regarder), ne se plissent pas de rire, conservent leur air sauvage scandalisé.

— Alors, les filles, quel âge avez-vous ?

Nos réponses nettes et précises, notre jeunesse, claironnées dans la cuisine vert bouteille brillant, mêlées à l'odeur du chocolat. Maureen baisse les yeux et regarde attentivement ses mains fanées, posées à plat sur ses genoux.

Nora dit que le soleil d'été l'a picotée de taches de rousseur et qu'il est temps que ça finisse. Elle rit. Ses dents éclatantes. Son petit menton pointu. Son haleine de fudge chaud. L'horloge sonne dans la pièce à côté, en grande cérémonie. La maison de bois semble trop modeste pour un carillon aussi somptueux. Maureen dit que toutes ses économies y ont passé. Elle se lève, éprouvant dans tout son corps l'urgence de l'heure qui passe. Elle nous raccompagne jusqu'à la porte de devant comme si nous étions de la visite importante. Au passage les napperons de dentelle nous frôlent et nous étonnent par leur abondance répétée à l'infini sur tous les meubles. Le balancier de l'horloge oscille de gauche à droite et de droite à gauche. Nora dit qu'il reste encore deux morceaux de fudge dans l'assiette bleue sur la table de la cuisine.

— Tout juste assez pour ton homme engagé, ma cousine, quand il rentrera.

Le rire de Nora a déjà quitté le petit salon de Maureen. Il s'égrène, léger et cristallin, dans la nuit de la campagne baignée de lune. Maureen sur son seuil nous fait signe de la main.

203

— Bye les filles, bye bye.

La nuit lunaire se referme sur nous. J'entends ma cousine Maureen, au loin, qui nous met en garde contre toute mauvaise rencontre.

La mer miroite, chaque petite vague comme autant de petits miroirs agités doucement sous la lune. Ce n'est que l'attirance de la mer, mon cœur, ce n'est que la fascination de la lune. Il faudrait courir, Nora et moi, rentrer bien vite à la maison, avant que n'apparaisse sur notre chemin un certain visage entre tous, mis au monde pour nous perdre, toutes les deux dans la nuit brillante, lui-même baigné de lumière sauvage, la lune rayonnant de sa face sa blanche froide lumière, ses yeux mêmes paraissant faits de cette matière lumineuse et glacée.

Je n'ai plus rien à faire ici. Le temps s'est arrêté sur toute la longueur et la largeur de cette terre de taïga. Laissons là les survivants d'une époque disparue, mon oncle Nicolas et ses petites servantes endormies. Regagnons la haute mer. Légère comme une bulle, écume de mer salée, plus rapide que la pensée, plus agile que le songe, je quitte la grève de mon enfance et les mémoires obscures de ma vie ancienne. Pareille à quelque oiseau de mer, mollement balancée entre deux vagues, je regarde l'étendue de l'eau, à perte de vue, se gonfler, se distendre comme le ventre d'une femme sous la poussée de son fruit. Toute une masse profonde et épaisse fermente et travaille par en dessous, tandis que la vague se forme à la surface, un pli à peine, puis une muraille d'eau monte, se lève, atteint son apogée, très haute, puis se cabre, mugit, éclate, se jette sur la grève, s'affaisse en une frange d'écume neigeuse sur le sable gris de Griffin Creek.

Le sable coule entre ses doigts. Elle a des mains d'enfant vivante et précieuse. C'est une enfant faite pour vivre de la pointe de ses ongles à la racine de ses cheveux. Trois ou quatre ans peut-être. Elle fait des pâtés de sable sur la grève de Griffin Creek. Une frange de cheveux blonds lui tombe dans les yeux. Le sable mouillé et granuleux lui colle aux doigts. Elle essuie ses paumes avec soin sur la petite chemise de coton bleu qui lui tient lieu de robe. Tout d'un coup il est là derrière elle. Son ombre légère tout en haut. Comme l'ombre d'un nuage. Elle n'a qu'à lever les yeux vers lui. Ses pieds nus, ses genoux écorchés, ses cheveux hérissés sur sa tête en épis drus. La petite fille cligne des yeux, regarde le petit garçon longuement, de bas en haut, lumineux et doré, nimbé de lumière pâle, la tête à moitié perdue dans le ciel et le vent, comme un soleil pâle échevelé, pense-t-elle, qui a déjà vu la rangée de tourne-sols, contre le poulailler, blanchir au soleil, sous l'éclat de midi.

Le voici qui s'accroupit sur le sable tout à côté d'elle. Examine les pâtés de sable. Examine la petite fille. Ne sait qui il admire le plus ou du sable posé en tas bien alignés ou de la petite fille elle-même qui a construit tout ça. Elle respire tout contre son épaule, cachée sous sa frange de cheveux. Du bout des doigts il effleure la joue de la petite fille. La joue de la petite fille est fraîche comme l'ombre.

Les doigts du petit garçon brûlants comme le soleil. Qui le premier se met à crier de joie dans le vent, parmi la clameur des oiseaux aquatiques ?

— Stevens ! Olivia !

dit l'une des mères là-bas, sur son pliant, qui tricote.

Le petit garçon s'éloigne en zigzaguant sur le sable, ses pieds nus s'ingénient à suivre la bordure noire des algues, laissées par la dernière marée.

Un homme en haut de la falaise siffle très fort entre ses doigts pour appeler le petit garçon. Sans lever la tête le petit garçon continue de marcher sur les algues. L'homme siffle de plus en plus fort. Sa silhouette longue et voûtée se détache en noir sur le ciel. Il agite maintenant les bras. Le petit garçon s'obstine à suivre la ligne des algues sur le sable. Il faudrait le prévenir tout de suite avant que l'ouragan ne se forme là-haut et ne se mette à dévaler la pente, dans un nuage de sable et de cailloux. La petite fille crie pour avertir le petit garçon. Quelqu'un dit que ce garçon est intraitable et qu'il faut le mater.

— Stevens ! Olivia !

répète une des mères debout sur le sable, son tricot à la main. John Brown a rejoint son fils, le saisit au collet. Il le secoue comme un arbre dans la tempête. Au loin la cabane à bateaux, son côté aveugle, sans fenêtre, tout en planches grises.

Trop d'images anciennes, de couleurs, de sons... Il l'a sifflé comme un chien. Non je ne le supporterai pas. Quittons cette grève. Laissons les souvenirs disparaître dans le sable à la vitesse des crabes creusant leurs trous. Vienne la haute mer, fil gris entre la batture grise et le ciel gris. Fuir. Rejoindre la marée qui se retire jusqu'au plus haut point de l'épaisseur des eaux. Le grand large. Son souffle rude. Filer sur la ligne d'horizon. Epouser le vent, glisser sur les pentes lisses du vent, planer comme un goéland invisible. Palpiter sur la mer comme un grain de lumière minuscule. Mon cœur transparent sur la mer. Pur esprit d'eau ayant été dépouillé de mon corps sur des bancs de sable et des paquets de sel, mille poissons aveugles ont rongé mes os. Il y a certainement quelqu'un qui... M'a jetée toute vive dans l'épaisseur calme, lunaire de la baie profonde, entre cap Sec et cap Sauvagine.

Ses doigts chauds sur ma joue dans le soleil d'été. Lui comme un soleil pâle échevelé. Ne peux que crier. Comme Perceval. Avec les oiseaux sauvages dans le ciel. De joie. Bientôt de peine et d'effroi quand John Brown saisit son fils au collet.

Ma mère laisse tomber son tricot sur le sable, me prend dans ses bras et me console doucement.

J'aime embrasser ma mère dans le cou, goûter sa peau blanche et son odeur de pomme verte. Mes frères qui sont grands rôdent autour de nous, ricanent et disent que je ne suis qu'un bébé. Mon père a demandé à ma mère de ne plus embrasser ses fils parce qu'ils sont trop grands à présent et qu'elle risque d'en faire des sissies. Depuis longtemps déjà

207

mes frères ont fait poser des fers à leurs semelles. Ils parlent fort. Jurent dès qu'ils se croient seuls.

Pourquoi ma mère est-elle si triste ? Elle a toujours l'air de regarder droit devant elle des choses invisibles et terribles. Je voudrais la consoler, la guérir de ce mal qui la ronge. Son doux visage trop tôt flétri, par quel chagrin, quelle offense secrète, le raviver d'un coup, lui rendre sa jeunesse tuée. Peut-être mes frères marchent-ils trop fort dans la maison en claquant du talon ? Peut-être jurent-ils trop fort ? Ou bien est-ce le pas lourd de mon père qui résonne trop bruyamment dans les chambres de bois ? J'ai vu une tache de sang sur le drap dans le grand lit de ma mère. De quelle blessure s'agit-il, mon Dieu, qui a blessé ma mère ? Je prendrai ma mère avec moi et je l'emmènerai très loin. Au fond des océans peut-être, là où il y a des palais de coquillages, des fleurs étranges, des poissons multicolores, des rues où l'on respire l'eau calmement comme l'air. Nous vivrons ensemble sans bruit et sans effort.

Ma mère est morte, une nuit qu'on était tous réveillés, autour de son lit. J'ai vu passer l'ombre de la mort sur la face de ma mère comme l'ombre d'un nuage venant du plus loin d'elle, de la pointe de ses pieds passant tout le long de son corps, sous les draps, pour atteindre son visage, se perdre dans ses cheveux, sur l'oreiller. Ceci fait très vite et légèrement comme un vent sombre qui ne pèse pas et souffle à peine. Elle n'a plus été là à jamais. Une sorte de substitution rapide, à la vitesse du vent, et le corps de ma mère n'a plus été là sur le lit. A la place, sous les draps, on avait mis une espèce de statue couchée, toute plate, marquant à peine les draps bien tirés. Sur l'oreiller blanc on avait déposé une petite figure d'ivoire glacée. Seuls les cheveux en couronne comme un nid de broussailles vivaient encore.

Deux jours plus tôt, au moment de l'arrachage des patates. Couchée dans mon petit lit, contre le lit de ma mère, j'oublie sa recommandation de fermer les yeux quand elle se déshabille. Je découvre des marques bleues sur ses bras et ses épaules. Elle respire vite et semble fatiguée.

— Je me reposerai demain quand les patates seront finies.

Le lendemain je la suis dans le champ pour l'aider à arracher le plus de patates possible, afin qu'elle puisse se reposer le plus vite possible. Le bruit de sa respiration, sillon après sillon. La terre noire et glacée. De la neige poudreuse dans les creux. Le vent. Je souffle sur mes doigts pour les réchauffer. Ma mère qui économise ses mots, comme si les mots en passant sur ses lèvres l'épuisaient, parle de la folie de la neige tombant en octobre pour le malheur des pauvres gens.

Avant d'être changée en statue sous les draps, ma mère m'a fait jurer d'être bien obéissante et de prendre soin de la maison. A mon père et à mes frères elle recommande de veiller sur la petite. Nous promettons tous. Plus aucune parole d'elle. Seul le sifflement rauque de sa respiration et sa vie qui s'épuise dans sa poitrine.

Qui désormais veille sur moi, m'espionne plutôt et me tracasse sans cesse ? Non ce n'est pas mon père. On dirait que mon père ne voit rien et n'entend rien. Tout occupé dans sa tête à calculer le prix du lait et des patates. A rêver de pêche miraculeuse. Mes frères sont à l'âge où l'on méprise les filles. Evitent de me parler et de me regarder. Se contentent de monter la garde autour de moi, afin que je sois prisonnière dans la maison.

Mon cousin Stevens partage sans doute l'opinion de mes frères au sujet des filles. Il ne me reconnaît plus à présent qu'il a grandi. Les garçons sont d'une espèce rare, pensent-ils tous, et n'ont pas à se commettre avec les filles. J'aime à les voir jouer au base-ball, tapant la balle avec tant de force, jetant la batte par terre, détalant à toutes jambes. Leurs cris. Le bruit de leurs courses, le choc mat de la balle sur la batte. Le terrain est tout usé par leurs jeux de garçons, l'herbe arrachée par touffes, le sable retourné en petites mottes jaunes. Nora, Perceval et moi les regardons taper sur la balle et courir comme des fous. Nous essayons de crier aussi fort qu'eux pour les encourager.

Impossible de quitter Griffin Creek pour le moment. Calme plat sur le sable, à perte de vue. La mer s'est retirée. J'attends que la marée monte et que le vent propice m'emporte vers la haute mer. Transparente et sans épaisseur, ayant franchi la passe de la mort, désormais dépendante des vents et des marées, je reste là sur la grève comme quelqu'un de vivant qui attend un train.

Je regarde une petite fille immobile, assise sur le sable, les genoux au menton, les bras enserrant ses genoux. Elle est là dans le battement de la mer montante, à la limite de l'attention. Scrutant le mystère de l'eau. Elle perçoit dans tout son corps la rumeur de l'eau en marche vers elle. Vague après vague elle interroge l'eau pour en tirer un secret. Cette frange d'écume à ses pieds est-ce la robe de sa mère ? Est-il possible que la robe défaite de sa mère bruisse ainsi à ses pieds, vienne lui lécher les pieds avec cent petites langues froides ? Si je regarde bien, avec la petite fille, sans cligner des yeux, à travers l'épaisseur de la vague qui se forme, si j'écoute bien et flaire bien l'odeur de l'eau, si j'appelle assez fort, avec la petite fille, de toute la force de mon être sans parole, concentré comme une pierre, je pénétrerai tout d'un seul coup. Le mystère de la vie et de la mort de ma mère n'aura plus de secret pour moi. Peut-être même verrai-je son visage dans le miroir de l'eau et son bruit d'orage ?

Toujours au moment même où la petite fille va tout saisir et savoir, le visage de sa mère se formant dans le sel, trait par trait, merveille après merveille, l'eau se brouille, une voix de garçon, puis deux voix de garçons appellent du haut de la falaise.

— Olivia ! Olivia ! Qu'est-ce que tu fais ? Il faut rentrer !

Ils m'ont appelée Olivia. Mes frères du haut de la falaise s'égosillent à crier mon nom. Vais-je bondir à l'appel de mon nom, habiter mon nom à nouveau, m'en revêtir comme d'un vêtement léger ? Olivia, Olivia, appellent Sidney et Patrick. Je n'aurais qu'à grimper le sentier, aller là où l'on m'appelle, pour faire la cuisine et tenir une maison propre. C'est mon histoire qui m'attend là-haut avec mon père et mes frères, ma maison de planches et sa galerie couverte. Il suffirait de réintégrer mon nom comme une coquille vide. Reprendre le fil de ma vie. Le temps s'est arrêté à Griffin Creek. Le soir du 31 août 1936. Il n'y a qu'à regarder l'heure fixée au mur du petit salon de ma cousine Maureen. Neuf heures trente ce soir-là.

La porte est grande ouverte sur la nuit blanche de lune. Nora et moi passons le seuil de la porte, disparaissons dans la nuit. Basculons dans le vide. A jamais. Tout le reste n'est qu'effet de lune sur la mer, grande furie lunaire sur la grève déserte.

Ils ont beau m'appeler Olivia en rêve. Sans doute mon oncle Nicolas qui est pasteur. Ou peut-être même celui qui... A déjà quitté Griffin Creek depuis longtemps, réfugié dans la guerre, encouragé par les autorités militaires, de l'autre côté de l'océan. Et s'il m'appelait tel qu'en lui-même aujourd'hui, en quelque lieu qu'il se trouve, ne suis-je pas absente de mon nom, de ma chair et de mes os, limpide sur la mer comme une larme ?

A tant attendre la marée montante pour disparaître à l'horizon j'écume la côte de Griffin Creek de toutes ses images surannées.

La petite fille grandit très vite. La voici dans l'arène des garçons, invitée par eux à partager leurs jeux sur l'herbe pelée. Une fois seulement. Ses genoux couronnés, ses longues jambes, sa jupe courte, la rapidité de sa course, la précision de ses gestes. La petite fille court au champ et marque un point. On dirait une grande paire de ciseaux, pense Stevens. Fin de partie. Il s'approche d'elle. Transpire son odeur forte de garçon dans la chaleur de l'été. Elle n'est que senteur de fille, ruisselante après la course. Qui le premier, à plein nez, à pleins poumons, respire l'autre et ferme les yeux de plaisir ? Pas encore un homme, pas encore caché sous son feutre marron, ses yeux pâles à découvert, Stevens examine Olivia avec étonnement avant de rejoindre, à grandes enjambées, le groupe des garçons qui s'impatientent.

La petite fille s'appuie sur la clôture. Ferme les yeux. Non, non, ce n'est pas la première fois. A quel âge est-ce que ces choses-là commencent ? La joie, sa saveur entière d'un seul coup. Exister si fort en joie à Griffin Creek, au bord d'un champ de base-ball, que l'herbe, les arbres, les clameurs, la lumière, l'eau et le sable tout à côté, les oiseaux qui passent en criant au-dessus de nos têtes existent avec nous, dans un seul souffle.

213

Ce garçon a été absent de Griffin Creek durant cinq ans. Il est devenu un homme loin de nous, accomplissant sa transformation d'homme à l'écart de nous, comme un serpent qui se cache pour changer de peau. Il s'est acheté des bottes et un chapeau de feutre marron. Il roule des épaules en marchant et ses yeux sont couleur de cendres bleues. Le voici qui s'écrase contre le grillage de la porte de la cuisine.

O ma mémoire, refais vite ce cœur liquide comme une eau verte, retrouve sa place exacte entre mes côtes, refais cette hanche blanche, pose des fleurs violettes dans mes orbites creuses, laisse-moi paraître sur la mer, dans toute ma personne retrouvée, que je marche sur les eaux, très vite, en direction de la côte de Griffin Creek, que j'aborde sur la terre de mon père, avant que l'été ne s'achève. Reprendre ma place dans la cuisine avant que n'apparaisse... Il n'y a qu'à gravir le sentier et à traverser la route. La maison est là, un peu à l'écart, massive et fermée. Ses planches grises couleur d'épave. C'est facile de se glisser à l'intérieur à nouveau, emportée par ce vent qui souffle en rafales, fait craquer la charpente du toit et bruire toute chose vivante à plusieurs milles à la ronde. L'avoine se couche au soleil, se relève et moutonne comme une mer peu profonde et verte.

La repasseuse est dans la cuisine, penche la tête dans la buée chaude des fers, fait attention de ne pas faire sauter les boutons de la chemise blanche. Sa robe bleue délavée est trop courte, tout juste bonne pour travailler dans la maison. Le vent tout alentour emmêle ses courants, s'insinue sous le pas des portes, file sa chanson envoûtante jusqu'au cœur de la repasseuse. Je suis elle et elle est moi. Je m'ajuste à ses os et son âme n'a pas de secret pour moi. La masse de ses cheveux blonds, son profil patient au-dessus de la planche à repasser. Il s'agit d'avoir deux fers en train. Celui qu'on passe et repasse sur le linge humide et l'autre de rechange qui chauffe sur le poêle à bois. Prendre la température du fer en l'approchant de sa joue doucement. Ainsi faisaient sa mère et sa grand-mère. La longue lignée des gestes de femme à Griffin Creek pour la lier à jamais.

Et le vent qui tourbillonne tout autour de la maison fait résonner Griffin Creek avec des voix de femmes patientes, repasseuses, laveuses, cuisinières, épouses, grossissantes, enfantantes, mères des vivants et des morts, désirantes et désirées dans le vent amer.

Elle l'a tout de suite reconnu dans la porte. Sa taille d'homme. Sa voix d'homme. Après cinq ans d'absence. Bien qu'elle fasse semblant de ne pas le reconnaître. Se raccroche le plus longtemps possible aux mouvements précis du fer sur le linge humide, une cohorte de femmes dans l'ombre et le vent la priant de continuer à repasser comme si de rien n'était.

Je les entends qui disent : Ne lève pas la tête de ton repassage, tant que ce mauvais garçon sera là dans la porte. Lui entre mille autres. Elle l'a regardé en plein visage. Elle a été regardée par lui en plein visage. Mon Dieu il ne fallait pas disent-elles toutes dans l'ombre et le vent, les mères et les grand-mères alertées. Tandis qu'Olivia brûle avec son fer trop chaud le poignet de la chemise de son frère Patrick.

Il est comme l'arbre planté au milieu du paradis terrestre. La science du bien et du mal n'a pas de secret pour lui. Si seulement je voulais bien j'apprendrais tout de lui, d'un seul coup, la vie, la mort, tout. Je ne serais plus jamais une innocente simplette qui repasse des chemises en silence. L'amour seul pourrait faire que je devienne femme à part entière et communique d'égale à égale avec mes mère et grand-mères, dans l'ombre et le vent, à mots couverts, d'un air entendu, du mystère qui me ravage, corps et âme.

Cette façon qu'il a de surgir derrière mon dos quand il y a beaucoup de vent et qu'on ne l'entend pas venir. Tout d'un coup il est là. A croire qu'il se cache pour mieux me surprendre.

— Hi, Olivia ! Y fait beau à matin !

Il m'examine de la tête aux pieds tandis que j'étends des draps sur la corde, et que le vent colle ma robe à mes cuisses. Vais-je cesser tout travail et tout mouvement, me tenir immobile et fascinée, les deux pieds dans l'herbe courte, derrière la maison de mon père, prise dans le regard de Stevens, comme dans un filet ? Mes mère et grand-mères me chuchotent dans le vent dur de n'en rien faire et d'accorder toute mon attention aux draps mouillés qui pèsent si lourd au bout de mes bras. Il a déjà tourné les

216

talons et rejoint Sidney et Patrick qui boivent de la bière sur la galerie.

Les grandes femmes crayeuses, couchées dans le petit cimetière de Griffin Creek, depuis longtemps ont l'âme légère, partie sur la mer, changée en souffle et buée. Ma mère, parmi elles, la plus fraîche et la plus salée à la fois, me parle en secret ma douce langue natale et me dit de me méfier de Stevens.

Tout le long de l'été lorsque je le vois, je tremble comme si mes os s'entrechoquaient à l'intérieur de moi. Surtout qu'il ne s'aperçoive de rien. Que je demeure lisse et droite devant lui. Je pense cela très fort, tandis qu'une flamme brûlante monte dans mon cou, couvre mes joues et mon front. Surtout qu'il ne s'aperçoive de rien. S'il me voyait rougir devant lui, à cause de lui qui me tourmente, une fois, une fois seulement et je mourrais de honte.

Quittons cette grève grise, regagnons l'univers marin, le monde crépusculaire du kelp, ses grandes prairies et ses forêts, la coloration bleue virant au noir des océans majeurs. Des voix de femmes sifflent entre les frondaisons marines, remontent parfois sur l'étendue des eaux, grande plainte à la surface des vents, seul le cri de la baleine mourante est aussi déchirant. Certains marins dans la solitude de leur quart, alors que la nuit règne sur la mer, ont entendu ces voix mêlées aux clameurs du vent, ne seront plus jamais les mêmes, feignent d'avoir rêvé et craignent désormais le cœur noir de la nuit. Mes grand-mères d'équinoxe, mes hautes mères, mes basses mères, mes embellies et mes bonaces, mes mers d'étiage et de sel.

Une certaine distance serait nécessaire entre moi et Griffin Creek, entre mes souvenirs terrestres et mon éternité d'anémone de mer. Que la houle et les courants me portent plus loin que la ligne d'horizon. Avant de disparaître ce qui en moi tient lieu de regard, non plus violet, baigné de larmes, ou brillant de joie, mais invisible, liquide, goutte de rosée sur l'immensité des eaux, s'attarde sur Griffin Creek, voit toutes les maisons soudain allumées dans la nuit. En signe de fête. Toutes les maisons ont des fenêtres brillantes, chaudes, orangées, reflétées sur l'herbe. Il est des nuits pour naître, d'autres pour mourir, celle-là sur la côte (on entend déjà la musique) est faite pour danser dans l'odeur du foin nouveau.

Les violons grincent et l'accordéon se déchaîne. Une chaleur profonde, animale, vient de partout à la fois, odorante, et épaisse, des petits cris haletants se mêlent à la musique. Des souliers d'hommes, des souliers de femmes, parfois blancs avec des barrettes, se font face, se croisent, se poursuivent, s'accouplent un instant et repartent. Tous ces pas joyeux, martelés, obéissent au maître de la danse qui donne ses ordres les mains en porte-voix. La chaîne des dames, la chaîne des hommes se déroulent en bon ordre, les figures sont bien dessinées et le swing devient de plus en plus rapide et essoufflé.

Sa longue silhouette, un instant immobile, découpée dans l'encadrement de la porte. Des paquets de nuit tout autour de lui. Sa chemise blanche. Son visage dans l'ombre de son chapeau. Les ténèbres de la nuit le projettent parmi nous dans tout l'éclat de sa chemise blanche et de sa vie insolente. La danse se referme sur lui, l'entraîne avec nous piaffant et tournant avec nous, respirant le même air que nous, l'imprégnant de l'odeur de sa sueur, dans la touffeur de la grange. La danse seule me porte, me balance, pense Olivia qui ferme les yeux, éprouve la musique à même sa peau, tandis que les mains des garçons effleurent ses doigts, enserrent sa taille au passage. C'est Stevens qui m'a touchée, lui qui a un petit cal à la main droite. Ne pas lever les yeux. Mes mère et grand-mères me recommandent tout bas de ne pas lever les yeux vers lui. Seule la joie de danser jusqu'au matin, dans l'odeur du foin fraîchement coupé, me fait tourner la tête, pense-t-elle, seule la joie de danser me possède et m'enchante. Non, non, ce n'est pas Stevens. Tandis que des visages et des silhouettes s'éclairent parfois un instant autour d'elle, dans le tourbillon des couleurs et des odeurs. La chevelure rouge du pasteur, ses épaules massives penchées sur Nora qui rit, le rire de Nora encore plus éclatant qui reprend, cette fois face à Stevens, son petit visage pointu levé vers Stevens, ses yeux plissés de rire et puis qu'est-ce que ça peut bien me faire que Nora rie sous le nez de Stevens ? Ce pincement dans ma poitrine, non, non ce n'est pas le chagrin, juste un petit coup de griffe sur mon cœur en passant. Ma tante Irène n'a pas bougé de sa chaise,

219

de toute la soirée. Dans le tapage et le tournoiement de la danse on peut apercevoir sa figure blême, sa robe beige, sans un pli, son air de chouette clouée au mur.

Si à un moment donné Perceval s'est mis à hurler, c'est qu'il a cru que le pasteur allait nous dévorer Nora et moi, tant pasteur nous embrassait et nous mordillait les doigts à toutes les deux.

Tout l'été à attendre des apparitions. Feindre de ne pas les attendre. Ecosser des petits pois, éplucher des pommes de terre. Que Stevens se montre une fois encore, une fois seulement. Qu'il me parle une fois encore, qu'il me touche avec ses deux mains d'homme, avant de regagner la Floride. Qu'il me regarde surtout, que je sois regardée par lui, la lumière pâle de ses yeux m'éclairant toute, de la tête aux pieds. Le voir. Etre vue par lui. Vivre ça encore une fois. Exister encore une fois, éclairée par lui, nimbée de lumière par lui, devenir à nouveau matière lumineuse et vivante, sous son regard. Vivre ! Quelque part cependant, est-ce au fond de la terre, l'ordre de mort est donné. Mes mère et grand-mères gémissent dans le vent, jurent qu'elles m'ont bien prévenue pourtant. Je n'avais qu'à fuir avant même que Stevens pose sur moi ses yeux d'enfant. Ces femmes radotent et répètent toujours la même chose. Gouttes de pluie à la surface des eaux, elles s'enfoncent dans la profondeur noire des océans, me recommandent d'y habiter désormais avec elles, d'être obéissante et de ne plus profiter de la marée pour retourner à Griffin Creek. Non, non ce n'est pas moi qui décide, c'est la marée qui m'emporte, chaque jour sur la grève de Griffin Creek, parmi les bouts de bois, les coquillages, le varech plein d'iode. Non, non ce n'est pas moi, c'est le désir qui me tire et m'amène, chaque jour, sur la grève. J'en demande pardon aux grandes femmes liquides, mes mère et grand-mères. Un certain été, un certain visage ruisselant de lune se trouvent à Griffin Creek. Non pas dans le présent des maisons délabrées et désertes, mais dans l'éternité sauvage de la terre. Je hante Griffin Creek afin que renaisse l'été 1936.

La lampe est allumée au-dessus de la table chez les Atkins, dans la cuisine. Au-dehors la tempête fait rage. Toute la famille de Ben et d'Alice Atkins est assise autour de la table desservie. Enfants et grandes personnes écoutent la tempête qui secoue la maison et fait vibrer les briques de la cheminée. La petite cousine Olivia est avec eux depuis quelques jours. Soulève le rideau de la fenêtre. Le ressac se brise avec fracas sur les rochers. Vagues déferlantes sur vagues grondantes montent à l'assaut de Griffin Creek.

Le voici avec eux émergeant de la tempête, l'œil rouge, les vêtements trempés, ivre d'alcool et de visions marines. Il supplie les petites Atkins de l'accompagner sur la grève. The biggest show on earth.

Qu'il s'adresse à moi toute seule et non point à Nora en même temps, comme si nous étions des sœurs siamoises, que son œil fou se pose sur moi seule, à l'exclusion de Nora, et je le suivrai hors de la maison, sous les rafales de pluie, sans prendre la peine de mettre mon manteau. Est-ce moi qu'il appelle avec cette voix pâteuse. Olivia, Olivia, tu viens ? Qu'il m'appelle une fois encore, une fois seulement, du fond de son cœur dévasté et je serai debout, prête à partir, à ses côtés, lui qui titube et pue l'alcool. Toutes mes voix de mère et de grand-mères prennent le timbre clair de ma tante Alice, déclarent que ce n'est pas un temps pour mettre un chien dehors.

Qu'il m'appelle une fois encore, une fois seulement, et je ne réponds plus de moi. Il s'affaisse sur la table, la tête dans ses bras.

Ne peux plus supporter le corps de ma cousine Nora, endormie à côté de moi, dans le lit étroit qui est le sien. Envie de la griffer pour la punir d'exister à ce moment précis où je voudrais être seule au monde, face à celui qui m'attire dans la nuit.

Tandis qu'elle dort profondément, légère et joyeuse à l'intérieur même de son sommeil, je me couche sur la catalogne au pied du lit. Un instant les respirations paisibles de Nora et de ses petites sœurs endormies me bercent et me calment. Le noir de la chambre des filles se referme sur nous comme l'eau. Vais-je dormir comme quelqu'un qui a la conscience tranquille et n'entend pas celui qui appelle dans le tumulte de la tempête ? Je ne saurai jamais si je rêve ou non. Toute la nuit une voix rôde autour de la maison, assourdie sous des paquets de pluie, des rafales de vent, à moitié humaine et sauvage. Mon nom crié dans la nuit : Olivia ! Olivia ! Dix fois me suis levée, ai tenté de voir par la fenêtre ruisselante. L'eau n'entre plus dans la terre, la maison semble flotter sur les eaux. Personne. Personne. J'ai dû rêver. C'est moi qui appelle en rêve. Le désir d'une fille qui appelle dans une chambre fermée, alors que ses mère et grand-mères grondent tout alentour de la maison, affirment que ce garçon est mauvais, soûl comme une bourrique, et qu'il ne faut pas l'écouter, sous peine de se perdre avec lui.

Le lendemain Stevens, hâve et les yeux couleur d'étoupe, parvient à tirer de sa cervelle brumeuse le seul souvenir vivace de sa nuit obscure. Il dit que toute la nuit il s'est senti appelé, tandis que sur son éperon de rocher il subissait l'assaut des éléments déchaînés et que la tempête cognait contre ses tempes.

Etant désormais hors du temps vais-je franchir d'un bond l'été 1936 et retrouver l'autre tempête, celle du 28 octobre ? A tant écumer la grève de sable gris et la côte aux maisons familières, entre cap Sec et cap Sauvagine, il fallait s'y attendre. Je risque fort de surprendre le fond sablonneux de la baie, livrée au tumulte du vent d'est. Ainsi va la mémoire d'une tempête à l'autre.

Les courants très forts à Griffin Creek dépendent en général de la marée. C'est au changement de marée d'ailleurs que se produisit l'incroyable tempête d'octobre.

Les lames de fond dévastent le sable, forment des dunes, aussitôt balayées, creusent des ravines, aussitôt comblées. Toute vie ou mort enfouie est extirpée, saisie, lâchée dans la fureur de l'eau. Les filles qui dorment au fond, la tête dans le sable, les pierres et les cordes des ancrages pour la pêche au saumon dont elles sont lestées, subissent le tohu-bohu des lames et des courants. Nora, ma cousine, ma sœur, flotte entre deux eaux, rejoint la grève de Griffin Creek, les gens de Griffin Creek la reconnaissent, livrent ses restes au médecin légiste, puis les enterrent dans le petit cimetière marin. Tandis que le courant me traîne par les cheveux vers le large. L'océan, sa surface verte, hérissée, son cœur noir profond, mes os dissous comme le sel, mon âme aussi infime qu'une larme dans l'immensité du monde.

J'ai tort de m'attarder dans les parages de Griffin Creek. Les grandes images violentes que j'appréhende peuvent se lever d'un moment à l'autre sur la grève. M'assaillir à nouveau. Il faudrait fuir, user à fond de ce pouvoir que j'ai de filer sur la mer, à la vitesse du vent.

J'ai beau me répéter qu'il est neuf heures trente, à la grande horloge de Maureen, et qu'il n'est encore rien arrivé, le soir du 31 août, je vois distinctement deux filles qui marchent sur la route dans la nuit blanche de lune. Un garçon les attend au bord de la route, posté comme une sentinelle. Bientôt filles et garçon ne feront plus qu'une seule ombre compacte, noire, sur le sol clair. Marcher sur la route, tous les trois, en se tenant par le bras. Nora refuse le bras de Stevens. Ils se sont déjà disputés, tous les deux, plus tôt dans la soirée. Quelqu'un dit qu'il ne faut regarder le visage de personne sous la lune.

A travers l'étoffe de mon manteau la pression chaude de son bras.

Qui le premier parle de se rendre sur la grève ?

Que je lève seulement la tête et je verrai son visage, la dureté de ses os ruisselants de lune. Ses lèvres se retroussent sur ses dents en un sourire étrange. Mon Dieu vais-je mourir à nouveau ?

Je n'ai que juste le temps de me couvrir d'ombre comme un poulpe dans son encre, m'échapper sur la mer avant que ne revienne, dans toute sa furie, la soirée du 31 août 1936.

Ayant acquis le droit d'habiter le plus creux de l'océan, son obscurité absolue, ayant payé mon poids de chair et d'os aux féroces poissons lumineux, goutte de nuit dans la nuit, ni lune ni soleil ne peuvent plus m'atteindre.

DERNIERE LETTRE DE
STEVENS BROWN
A MICHAEL HOTCHKISS

automne 1982

J'ai seul la clef de cette parade sauvage.
A. Rimbaud

Vais-je encore t'appeler, old Mic, après tout ce temps ?
Old, tu dois l'être pour de vrai, à présent, sans doute be-
donnant, du moins flasque, les petites rides du rire, au coin
de tes yeux, creusées comme des sillons. Qu'importe parce
que je ne te reverrai jamais et qu'il n'est même pas sûr que
cette lettre te parvienne un jour. D'ailleurs je n'ai pas
besoin de savoir si tu existes encore, dans ta lointaine
Floride, ou ailleurs dans la vaste Amérique. Je n'ai pas
besoin de ton image précise, ni jeune ni vieille, même en
rêve, mais plutôt d'une idée de paix, d'une abstraction de
bonheur qui persiste, à l'appel de ton nom, dans ma
mémoire, avec une grande terre plate, peuplée d'orangers
en fleur et en fruit. Une fois seulement dans ma vie cet
ancrage paisible, au bord du golfe du Mexique, 136, Gulf
View Boulevard. C'était bien avant que n'éclate la guerre.
Et la plus grande sauvagerie de tout mon être je l'avais déjà
accomplie, bien avant que n'éclate la guerre.

Je me suis échappé de Queen Mary après avoir dévalisé
la pharmacie de l'hôpital. Des pilules roses, des vertes, des
jaunes, surtout des blanches, des gélules bicolores. J'ai de
quoi vivre et de quoi mourir. Rassure-toi, dear brother,

229

mes blessures de guerre ne sont pas visibles à l'œil nu. Ni plaie qui suinte et qui pue, ni moignons qu'on emmaillote comme un Jésus. La face intacte ainsi qu'au sortir du ventre de ma mère, pas rouge du tout, plutôt blanche, because manque d'air, trop de chou de Siam au souper, l'arête du nez bien dessinée, les yeux qui en ont vu de toutes les couleurs. C'est écrit en toutes lettres sur mon carnet militaire.

Cela vient sans doute de ce que mes yeux ont vu, de ce que mon nez a senti, de ce que mes oreilles ont entendu, de ce que mon palais a dégusté, de ce que mes mains ont fait, avec et sans fusil. Un vrai régal pour tous les sens. Les nerfs à vif. La raison qui persiste alors qu'elle aurait dû crever, depuis longtemps, sous le choc répété des images, des odeurs et des sons aux becs acérés. Lâcher d'oiseaux de mer contre mon crâne. Leurs cris assourdissants. Je lève le bras, ils s'envolent et ils crient. Je laisse tomber mon bras sur le drap d'hôpital, et ils reviennent en masse et ils crient à nouveau, s'aiguisent le bec contre mon crâne. Crier avec eux pour couvrir leur vacarme n'est pas une solution, m'épuise et me déchire.

La sœur de charité s'avance dans l'allée, distribue les pilules calmantes. La lueur bleue de la veilleuse glisse sur son uniforme blanc glacé. Parfois la sœur de charité s'attarde, se penche très bas sur un lit d'invalide, entrouvre son corsage, fait voir ses seins qui brillent dans la nuit. Celui qui n'a ni mains ni bras pleure. La sœur de charité le console, se penche encore plus bas, effleure la joue du soldat avec la pointe rose de ses seins. Lui en met plein la figure. Plein la bouche. Il tète doucement en fermant les yeux.

Quand on a fait de la charpie avec leurs corps, ils avaient vingt ans. Ont été rapatriés, pris en charge par la société, couchés dans des lits blancs, bien alignés, les uns à côté des autres, dans de grandes salles stériles et claires, vieillissent comme tout le monde, goutte à goutte, jour après jour, année après année, sans que rien autour d'eux change, blancheur étale, sauf la mort qui grappille de-ci de-là (le matelas bleu rayé du voisin qu'on désinfecte et qu'on roule), tandis que les seins de la sœur de charité se vident peu à peu de leurs trésors élastiques et doux.

Je ne suis pas malade. Je pleure et je crie. Je tremble et je frissonne. Une espèce de fièvre secrète, qu'aucun thermomètre ne décèle, me glace et me brûle. Une maille à l'endroit, une maille à l'envers. Je tricote comme une femme. A partir du moment où un homme pleure comme une femme, aucune raison pour qu'il n'apprenne pas à tricoter. Si parfois une maille file, c'est que l'idée, l'idée seulement de Griffin Creek, pas même son image confuse, ni rien de visible et de reconnaissable, me passe dans la tête, pareille à une balle perdue. Tant de balles et d'éclats d'obus sifflent dans la salle, tout autour des hommes endormis, dans le silence de la nuit, se posent parfois sur leur poitrine, y creusent leurs trous de songe et d'épouvante.

Intact, puisque je te dis que je suis intact. Passé à travers la guerre comme à travers les mailles d'un filet. Indemne de la tête aux pieds. Pas la moindre petite cicatrice. Détraqué seulement. Complètement détraqué. Sujet aux crises de nerfs. Tremble et transpire sans raison. Les dents qui claquent. Les draps qui se mouillent de sueur sous mes épaules, au creux de mes reins. Supplice de l'alèse de caoutchouc. La racine du cri vrillé dans ma poitrine, vieil héritage de famille sans doute. Quoique toute référence à ma famille et à Griffin Creek me soit intolérable. Hurler comme mon frère Perceval. Retrouver la voix primaire de l'idiot. C'est la guerre, mon vieux, rien d'autre que les séquelles de la guerre, te dis-je, Griffin Creek n'y est pour rien et ma famille non plus qui n'existe d'ailleurs plus. Seules les maisons de bois sur la côte subissent encore les assauts du vent et du sel, grisonnent et se délabrent, semblables aux nids abandonnés des fous de Bassan. Du moins c'est ce que m'a dit un voyageur qui revenait de par là. Pas retourné à Grif-Creek. Pas question d'y retourner jamais. Sans nouvelles d'eux tous, depuis mon départ. L'armée, la guerre surtout qui efface tout et on recommence à zéro. Endormi de force, réveillé de force, calmé de force, excité de force, pris en charge, materné et drogué. Pilules et injections, au moment précis où s'apprêtent les terreurs dans l'ombre. Je n'ai aucun souci à me faire, aucune raison de me plaindre. De temps en temps permission de minuit. Camarades visiblement éclopés, moi bon pied, bon œil, les vétérans arpentent la Sainte-Catherine, dans l'est, parce que c'est plus le fun. Filles et garçons se ressemblent de plus en plus. A tant suivre des jeans délavés, des fesses plus ou moins rondes, on n'est plus sûr de rien. Le monde n'est plus aussi net qu'autrefois. Avant on aurait su tout de suite qui était garçon ou fille, rien qu'en les regardant se dandiner devant nous. Permission de minuit. A force de reluquer des derrières on finit par se décider. Les filles ne se font ordinairement pas prier. Trop rapides, trop pressées, trop jeunes, n'ai jamais pu aller jusqu'au bout avant de me mettre à trembler de la tête aux

pieds. Séquelles de la guerre, mon vieux. Apparitions de fer
et de feu, grands cris d'oiseaux aquatiques, filles hurlantes,
violées dans des lueurs d'incendie, des bruits de marées au
galop. Un jour, je dirai tout. J'écrirai tout. La guerre. Plus
que la guerre. Tout. Me suis échappé de Queen Mary pour
ça. T'écrire une longue et dernière lettre. Sans l'ombre du
voisin qui se penche sur mon épaule pour lire ce que j'écris,
à mesure que je forme des lettres. Trop de promiscuité. Et
puis la grande salle de Queen Mary où je supporte la nuit et
le jour depuis trente-sept ans, de compagnie avec cinquante
autres types supportant également la nuit et le jour depuis
trente-sept ans, n'est pas saine à habiter. Trop de larmes et
de jurons laissent des traces dans l'air épais. Trop d'invisibles graffiti sont inscrits sur les murs. Il ne sert à rien de
déchiffrer le désespoir des autres alors qu'on a soi-même de
la peine à respirer avec un cœur aussi gros qu'une meule
dans la poitrine. Faire le vide en soi et autour de soi.
Habiter un espace nu. Une sorte de page blanche et que les
mots viennent à mon appel pour dire la guerre et tout le
reste. Je les attends, un par un, pleins d'encre et de sang,
qu'ils s'alignent sur le papier, dans l'ordre et dans le
désordre, mais que les mots se pointent et me délivrent de
ma mémoire. Toi qui es je ne sais où, à faire je ne sais quoi,
à être je ne sais qui avec je ne sais qui, marié peut-être, ça
n'a pas d'importance, j'ai besoin de tout te dire. Une
longue lettre écrite, page après page, dans un cahier
d'écolier à la couverture de toile noire. J'ai acheté le cahier
et j'ai loué la chambre.

Depuis quelque temps j'avais repéré l'enseigne du Victoria, en lettres noires sur fond blanc douteux, au-dessus de la
porte d'entrée. Une bicoque de briques sales, égarée sur la

côte des Neiges, dos à la montagne (où se cachent parmi les arbres les belles maisons de Westmount), face au grand parc où dorment les morts. « Bachelor à louer. » Je m'étais mis ça dans l'idée. Dès que j'ai quitté Queen Mary avec mon cahier noir, mon rasoir, ma brosse à dents et ma provision de pilules, je me suis installé au Victoria. Les pilules posées en face de moi sur la table en plastique, imitation bois, je les regarde pour me rassurer. Je touche les bouteilles et les boîtes. J'ai de quoi vivre et de quoi mourir, te dis-je. Que puis-je demander de plus ? Il s'agit de me servir à bon escient. Quelques heures à peine après mon arrivée je me suis rendu compte qu'il fallait inverser l'ordre établi à l'hôpital, si je voulais arriver à mes fins. Bouleverser mes habitudes de trente-sept ans. Changer l'ordre du monde en quelque sorte. Avaler les amphétamines, le soir, et les barbituriques, le matin. Maintenant que je suis seul j'ai ce pouvoir. Je dispose du jour et de la nuit à ma convenance. J'attends tout le jour que les bruits de la maison s'apaisent jusqu'au dernier fracas des robinets et des chasses d'eau, jusqu'au dernier glapissement de la télévision. Le silence absolu de la maison endormie. Me concentrer sur mes écritures. Faire venir le démon sur mon cahier, si la fantaisie m'en prend. Employer les mots qu'il faut pour cela. User de ma douce langue natale à cet effet. Cette lettre que je t'écris, old Mic, sera bourrée d'indications obscures et d'apparitions brèves.

La rumeur de la ville gronde sous mes fenêtres. Je regarde l'ombre noire des ormes dans le cimetière d'en face. Les phares à l'éclat blanc, les feux rouges à l'arrière des voitures. La côte des Neiges s'étire comme un long serpent lumineux.

Ne plus voir la ville nocturne. Ne plus percevoir le plus petit soupir dans la maison endormie. Ne plus avoir aucun présent ni avenir. N'être que celui qui écrit dans une chambre étrangère ce que lui dicte sa mémoire. Je mâche mes mots comme des herbes, semblable aux vaches qui ont de la salive verte plein les dents. Le mieux ce serait de peindre comme on m'a appris à le faire à l'hôpital des Vétérans, section hobby. La vérité finirait bien par passer sur ma toile, sans que j'aie à décrire quoi que ce soit. Sans que personne reconnaisse quoi que ce soit. Je créerais des sortes de fleurs vénéneuses, toutes plates sur la toile, sans odeur et sans éclat, juste pour mon plaisir, et tu ne saurais jamais rien ainsi, old brother.

Lorsque j'étais à Queen Mary, ce n'est pas tant de mourir dont j'avais le plus peur, mais de me réveiller le matin. Retrouver l'horreur du matin, parmi cinquante types invalides qui retrouvent l'horreur du matin, en même temps. Renouer avec son horreur particulière, émerger, jour après jour, des limbes noirs, sans images ni visitations, le rêve étant étouffé par les drogues. L'infirmière en chef, celle qui garde la clef de la pharmacie, possède ce pouvoir de vous arracher au jour, de vous plonger dans les ténèbres, pour vous repêcher au matin, la bouche pâteuse, sans salive et sans espoir. Si au cours des noirs sommeils les songes se pointent, ils disparaissent aussitôt au réveil, nulle trace ni souvenir, comme s'ils n'avaient jamais existé. La brume qu'on arrache dans sa tête par grandes squames farineuses. Le café jaune qui fume. Les pilules du jour qu'on avale. Et voilà c'est reparti. Jusqu'à ce soir. Jusqu'au dernier viatique-barbiturique-nocturne sur votre langue.

La sœur de charité a des pouvoirs limités, des seins qui

vieillissent et des drogues qui s'usent. Ne peut plus m'empêcher de cauchemarder ni mon voisin de surveiller sa gangrène jusqu'au matin, sans fermer l'œil. Les sanglots des hommes sont plus terribles qu'une fin du monde. Et pourtant ce n'est jamais la fin. Le monde vire sur sa quille et recommence.

La table de plastique brun, veiné de brun plus foncé, mauvaise imitation des âges du bois, a des bords durs et coupants, désagréables et froids au toucher. La rangée des saintes pilules, bien alignées devant moi, sur la table. Impression de puissance illimitée. La vie, la mort à portée de la main. Tableau de bord. Faux teck. Appareils de contrôle bien en place. N'aurais qu'à allonger le bras. Tendre la main. Ouvrir les doigts. Verser les perles et les capsules en pluie au creux de ma main. Refermer le poing. Le porter à mes lèvres. Ouvrir les doigts. Avancer la bouche et la langue. Comme un cheval qui flaire la poignée d'avoine lui chatouillant les narines. Garanties sans odeur, froides petites choses pour vivre ou pour mourir. Choisir son bord. Se brancher. Si décidé le pire s'en mettre plein la bouche, plein la gorge. Ne pas oublier le verre de scotch qui facilite la déglutition. Augmente l'effet. Rassure-toi, dear brother. Tout d'abord finir ma lettre. Ne pas laisser ta curiosité sur sa faim. J'ai juré de tout te dire.

Que le sable retourne au sable, que mes veines grises crèvent sur le sable gris de Griffin Creek. Ce n'est là qu'un vœu pieux. C'est dans une chambre de carton, meublée en plastique, avec un réchaud à deux ronds, que je finirai sans doute mes jours. Vidé de toute mémoire, pareil à une poupée de son que l'on éventre.

Les retraitées de Woolworth's et de Reitman's ont tourné

le bouton de leur télévision. Les cloisons en carton laissent passer le murmure des déshabillages sans entrain. L'infâme bruit des lavabos et des chasses d'eau résonne dans ma tête. Tout s'apaise. Quelques toux et raclements persistent, agaçants comme des moustiques dans l'obscurité. Les deux garçons coiffeurs recommencent à chuchoter contre la cloison. Le plus jeune des deux, celui qui a la voix la plus aiguë, s'esclaffe. Ses paroles précises franchissent la cloison, tombent à mes pieds, sur la moquette pelée.

— Bonguenne que j'suis ben faite !

La nuit se referme sur ces mots étonnants et pleins de gaieté.

Tant désiré le noir et le silence. Ouvert le cahier sur la table. Fermé les yeux. Afin de vérifier la qualité du silence dans la maison. Epié jusqu'au moindre bruit dans la rue. Plus loin que le vrombissement des moteurs et les coups de frein, perçu la rumeur étrange, aux portes de la ville. Reconnu les pépiements sauvages en marche vers moi. Supplier le vide pour que ça cesse. Pour que ça ne vienne pas jusqu'à moi. Ça se déploie maintenant au-dessus de la maison. En cercles de plus en plus rapprochés. Le point de mon cœur, bien au centre des ronds furieux. Visé en pleine poitrine, vais-je hurler au risque de réveiller toute la maisonnée ? Plutôt me taire jusqu'au matin. Continuer ma lettre comme si de rien n'était. Feindre d'ignorer les battements d'ailes claquant dans toute la chambre. Toiture et plafond à présent ouverts et défoncés à coups de becs durs.

Ce que j'ai à faire, ce que je me suis juré de faire est au-dessus de mes forces. Te dire la vérité, old Mic, toute la vérité, rien que la vérité. Plutôt tendre la main vers les cachets bienfaisants devant moi, sur la table. En finir une fois pour toutes, sous l'œil brillant des oiseaux de mer. Pluie de neige jacassante tout autour de moi.

Le fou de Bassan modère soudain sa vitesse, ferme à moitié ses ailes, se laisse tomber, tête première, comme une flèche, à la verticale. Ne ferme ses ailes qu'au moment de toucher l'eau, faisant gicler dans l'air un nuage d'écume. L'ai si souvent contemplé cet oiseau superbe. Le retrouver intact et bien dessiné. Il suffit d'une image trop précise pour que le reste suive, se réveille, recolle ses morceaux, se remette à exister, tout un pays vivant, repêché au fond des eaux obscures. Griffin Creek, remué dans ses eaux natales par une nuée d'oiseaux affamés, remonte à la surface, étale ses grèves, ses herbes marines, ses rochers abrupts là où autrefois grimpaient des escaliers de bois pour la pêche à la baleine. Viennent les maisons et les bâtiments, les hommes et les femmes, les enfants et les bêtes, l'arche de Noé s'ouvre sous la pression des eaux, laisse filer sa cargaison mâle et femelle sur la côte, entre cap Sec et cap Sauvagine.

Repris pied dans ma chambre du Victoria. Eprouvé la stupeur du réveil dans tout mon corps et ma tête. Mangé dix tranches de pain-kleenex bien blanc, comme passé au bleu, avalé une boîte de beans à la tomate, sans la faire chauffer, bu quatre tasses de thé Salada, couleur d'encre, qui m'agace les dents. Repris le cahier noir. Pensé à toi que je n'ai pas vu depuis tant d'années. Et la guerre, old brother, l'as-tu faite, brave Américain moyen que tu es, dans les vieux pays où elle s'est passée ? Ne compte pas sur moi pour te parler de la guerre. L'avant-guerre suffira pour que je t'épouvante et t'éloigne de moi à jamais.

Par moments je jurerais que les petites Atkins sont ici. Entrées je sais trop comment. M'ayant suivi de Queen Mary jusqu'au Victoria. Depuis le temps qu'elles me courent après. Ne m'ont jamais quitté même dans les vieux pays quand la terre était en feu. Les pires lueurs d'incendie les attiraient, les faisaient apparaître à l'improviste, briller sous le jet des lance-flammes avec leur petit visage trop blanc, leurs yeux chavirés. Les ai pourtant jetées à la mer, le soir du 31 août 1936.

Durant tout un été leurs manières de filles mièvres, écœurantes, leur excitation à fleur de peau. Et moi tout seul de mon bord pour les remettre à leur place. Tu te souviens, old Mic, Gulf View Boulevard, on était deux pour suivre les filles sur la promenade du bord de mer, s'attacher à leurs pas de tout près, se repaître de leurs déhanchements jusqu'au dégoût. Les aborder enfin pour leur rire au nez.

Olivia pourtant, si belle et gardée. A grandi trop vite. Est devenue femme comme les autres. L'espace d'un été. Je l'aimais peut-être lorsqu'elle était enfant, assise sur le sable. Ses cheveux moussant dans la lumière. Mon père dévale la pente du sentier et s'abat sur moi pour me tuer. Ma mère est d'accord pour qu'il me tue.

Quand je m'endors, j'évite de me tourner contre le mur, de peur qu'il ne se passe quelque chose dans mon dos. L'étrangeté de l'air couvre aussitôt mes épaules et je me recroqueville craignant le pire. Ce matin j'ai voulu faire face. Identifié les meubles minables, les murs crasseux, les restes du repas sur la table, le cahier grand ouvert. A plusieurs reprises refait l'inventaire des meubles et des objets, employant chaque fois une technique douteuse, pour essayer d'éviter l'objet nouveau, bien en vue dans la chambre. Très vite ne peux plus ruser. La vitrine massive, pleine d'eau, occupe tout un pan de mur. Une sorte d'aquarium scellé. Dans l'eau immobile reposent des objets, non pas flottants, mais arrêtés, fixes, nettement séparés les uns des autres. Coquillages, étoiles de mer, bouts de bois, joncs décolorés, une ceinture de femme, un bracelet bleu. Je crains que la vitrine ne se brise sous la pression de l'eau. J'éprouve la tension de l'eau dans ma tête, sa violence contenue. Son éclatement subit. Nul bruit de verre cassé pourtant. Cela se passe comme si la vitrine en se rompant devenait elle-même liquide. L'eau s'échappe partout dans la pièce. Les embruns mouillent mon visage. Tout ce qui se trouve à l'intérieur de la vitrine est maintenant libéré. Odeur saline à mourir lâchée en rafales. Le moindre bout de bois reprend vie, se déchaîne et tourbillonne dans l'air. Il fallait s'y attendre, les petites Atkins sont là, délestées des cordes et des pierres qui les retenaient au fond. Mues par une incroyable énergie elles m'accusent, traînant avec elles une nuée de petits personnages remuants, à l'allure décidée, qui grandissent à vue d'œil. Hommes et femmes de Griffin Creek, mes père et mère en tête, se lèvent pour me maudire. Me chassent de Griffin Creek. Dans un nuage de sable et de pierres.

Ma voisine de gauche se réveille et geint, de plus en plus fort, des mots distincts se forment peu à peu, traversent la cloison, tombent en paquets dans ma chambre, s'épanouissent en sacres et en jurons. C'est le matin. La journée commence. Le Victoria redevient sonore, vibre de haut en bas de toux et de raclements de gorge. Les lavabos et les chasses d'eau se répondent, d'étage en étage. Des pas lourds font craquer le plancher. Le premier beuglement de la radio jaillit, alerte et retentissant. Le temps d'avaler trois pilules blanches et de boire un grand verre d'eau. Je me bouche les oreilles avec mon oreiller. Absent jusqu'à ce soir, pour cause d'enterrement.

La nuit s'étend à nouveau comme une chape de plomb sur le Victoria. Seul le vrombissement des voitures continue, à la queue leu leu, sur la côte des Neiges. Emerge du sommeil noir. Plus de salive, bouche sèche, tête lourde, rescapé à grand-peine du néant, dois forcer la dose d'amphétamines. Repris mon cahier. Ai juré de tout te dire. N'avais pas prévu tant de sable dans ma tête. Ni mes mains fouisseuses dans le sable. On trouve de tout dans le sable à condition de bien chercher. Les grains secs, frottés au creux des paumes, comme une pierre ponce. Le sable mouillé, plus foncé, presque noir, adhère aux doigts, se glisse sous les ongles. Rien à craindre. La grève de Griffin Creek a été balayée par les marées d'équinoxe, année après année, depuis longtemps. Nul risque d'y retrouver de grandes coquilles vides sur le sable, la place encore tiède de leurs corps légers, l'empreinte exacte de leur mort violente, gravée sur le sol gris. Tant de vent, de tempêtes, de pas entremêlés, depuis le temps, ont brouillé les pistes, effacé le soir brillant de lune du 31 août 1936. Si je persiste à voir les petites Atkins, foudroyées à mes pieds sur le sable et moi debout, au-dessus d'elles, tout bête et creux, vide jusqu'à la moelle de mes os, c'est que je n'en finis pas de rêver.

Un garçon et deux filles marchent sur la route de Griffin Creek, enjambent des flaques de lune blanche. Qui le premier parle d'aller sur la grève ?

Bob Allen est déjà reparti pour cap Sauvagine, prétextant la promesse faite à la fille de Jeremy Lord de passer un bout de veillée avec elle.

On sait ce que ça veut dire, le père, la mère, la fille, le garçon, en rang, sur des chaises droites, dans la cuisine. L'ampoule nue au bout d'un fil qui se balance au-dessus de la table. La lumière crue reflétée sur la toile cirée. La visite officielle du garçon à la famille de la fille. Un mot ou deux, toutes les cinq minutes. Ne pas s'adresser à la fille trop directement. Lui serrer les doigts à la dérobée. Les filles d'ici sont intouchables jusqu'au mariage. C'est le pasteur mon oncle qui l'a dit. Tout le mal vient de là. Autant prendre son fun chez les guidounes et laisser les petites oies macérer dans leur jus. Ça, Nora ne me le pardonnera jamais.

La voici qui marche devant moi. Ayant refusé mon bras avec véhémence. Son drôle de béret crocheté, penché sur l'œil, son manteau ample lui battant les jarrets. Elle s'élance dans le sentier menant à la grève, tachetée de lune, légère et décidée.

Olivia se fait un peu prier, émue par la beauté de la nuit, semble-t-il, et par l'étrangeté de la lune. Je lui donne la main et j'ai l'impression de l'entraîner avec moi dans un domaine interdit, baigné de lumière blanche et de calme infini.

Bientôt la douceur du sable, en petites vagues plates, figées, sous la plante de nos pieds déchaussés, la fraîcheur douce du sable nocturne monte jusqu'à nos chevilles. Longtemps contemplé le clair de lune sur la mer. Tous les trois immobiles et muets, debout sur le sable, dans la nuit.

Inutile de s'attarder ici, ce n'est que le sable à perte de vue, un champ de sable gris en bordure de la mer et que baigne la lune, en longues traînées métalliques. Si des objets ont été enterrés ici, il ne fallait pas le dire à ce rat de McKenna. M'a extorqué des aveux. Le voici qui creuse le sable avec ses acolytes-policiers. Tout un troupeau de rongeurs forcenés. Un béret blanc au bout de leur pioche, un soulier de femme peut-être ? Ma vie plutôt, en grand danger, jaillissant sous le soc comme une motte de terre éclatée.

Rassure-toi, brother, ce n'est que le sable gris de Griffin Creek, répandu à foison, entre cap Sec et cap Sauvagine. Autant chercher une aiguille dans un tas de foin. Bien fin qui trouvera. Le running shoe de Nora plein de sable, l'air d'un coquillage enfoui. C'est mon frère Perceval qui... Ne peut que crier et pleurer. C'est fou d'ailleurs ce que cet enfant m'est attaché. Ne me trahira jamais.

L'important, old Mic, c'est que tu lises ma lettre jusqu'à la fin. Tu comprends. C'est comme si je te demandais de m'accompagner encore un bout de chemin, jusqu'à ce qu'il n'y ait plus de chemin du tout devant moi, rien que la falaise abrupte, le vide, le saut dans le vide. D'ici là je te parlerai sans cesse, je te dirai tout, je m'adresserai à toi comme si tu étais là, à côté de moi, qui écoutes sans rien en toi qui juge et qui blâme, rien qu'une attention illimitée à moi, Stevens Brown, perdu dans l'enfer de Griffin Creek, le soir du 31 août 1936.

Tout le monde dans la région est d'accord pour assurer qu'il n'y avait pas de vent ce soir-là et que la mer n'avait jamais été aussi paisible. Et pourtant, moi, Stevens Brown, fils de John Brown et de Bea Brown, j'affirme que subitement quelque chose s'est rompu dans l'air tranquille, autour de nous. La bulle fragile dans laquelle nous étions encore à l'abri crève soudain et nous voilà précipités, tous les trois, dans la fureur du monde.

La première, Nora se retourne vers moi, hurle des injures comme si c'était un plaisir de couvrir le bruit des vagues. Pas la peine de crier si fort diront les gens de Griffin Creek, la mer n'a jamais été si calme, doux clapotis sous la lune, calme plat, grand lac étale. Moi je prétends qu'à mesure que Nora m'injuriait et m'insultait, se grisant elle-même d'injures et d'insultes, le vocabulaire grossier des hommes de Griffin Creek, leur colère brutale, passant soudain par sa bouche de jeune fille, le coup de vent s'est levé sur la mer, au bout de l'horizon, entre cap Sec et cap Sauvagine. J'ai senti la menace de la tempête à l'intérieur même de ma tête, cognant contre mes tempes, bien avant que rien ne soit visible dans le paysage, baigné de lune. Nora répète que je ne suis pas un homme et qu'elle me déteste. Elle pleure et rit à la fois, son béret blanc crocheté toujours incliné sur l'œil.

Le vent retrousse leurs jupes et découvre leurs genoux. Inutile de me contredire là-dessus et de prétendre que l'air est immobile et doux. Olivia tente d'apaiser sa cousine. Le vent me soufflette au visage. Son odeur d'iode me colle à la peau. La bouche vociférante de Nora à portée de ma bouche. Répète que je ne suis pas un homme. Dit à Olivia de se méfier de moi. Renverse la tête. Son rire de gorge en cascade. Désir fruste. Mes deux mains sur son cou pour une caresse apaisante. Son rire hystérique sous mes doigts. Cette fille est folle. La boule dure du rire, dans sa gorge, sous mes doigts. Simple pression des doigts. Elle s'écroule sur les genoux comme un bœuf que l'on assomme. Son regard incrédule se révulse.

Un petit silence. Un tout petit silence pour reprendre haleine. La paix du monde autour de nous un instant encore. S'engouffre à nouveau dans ma tête le fracas de la haute mer en marche. Trop de bruit et de fureur depuis mon enfance, tant de marées d'équinoxe m'ont brassé et roulé. Que celui en qui on a semé le vent récolte la tempête. Pas eu le temps de jouir d'elle. De sa fureur. De sa terreur. De l'odeur de sa terreur sous ses aisselles. De sa senteur de fille sous ses jupes, au creux roux de son ventre. Mes mains trop rapides. Pauvre petite Nora si vite tombée sur le sable à mes pieds, une jambe repliée sous elle. Pas eu le temps de comprendre moi-même. Mes mains seules.

Je te mentirais, old brother, si je n'insistais pas sur le fait que longtemps après Griffin Creek je me suis plu en cet agenouillement de Nora Atkins, ma cousine, devant moi, sur le sable. Blitzkrieg à Londres, fermes normandes sous la mitraille, relent de pharmacie à Queen Mary, cette fille n'en finit pas de m'apparaître et tombe à genoux devant moi, bascule sur le sable, avec son envie de femme, son mépris de femme, matée et domptée. Ni tout à fait femme ni tout à fait enfant d'ailleurs, te l'ai déjà dit, cet âge est pervers entre tous. Son corps charmant, ses cheveux auburn, son âme fraîche insultée. Son allégeance à mes pieds. Durant l'éternité. Amen.

Je n'ai pourtant pas de temps à perdre. Voilà qu'Olivia, un instant agenouillée auprès de Nora, penchée sur la face violette de sa cousine, se redresse d'un bond en arrière. Va m'échapper, remonter le sentier, ameuter tout le monde. La saisir aux chevilles, la faire tomber sur le sable, me

245

coucher sur elle. Son souffle précipité. Mais là où je ne suis pas d'accord avec tous les témoins de Griffin Creek, du plus grand au plus petit, c'est au sujet du temps qu'il faisait ce soir-là. Tous vont insister sur le calme de la nuit, l'absence de vent. Et moi j'affirme avoir éprouvé la rage de la tempête dans tout mon corps secoué et disloqué, tandis qu'Olivia se débattait, partageant avec moi le même ressac forcené. Dans toute cette histoire, je l'ai déjà dit, il faut tenir compte du vent. Du commencement à la fin. Depuis mon retour à Griffin Creek, en juin, jusqu'à la nuit du 31 août. Plus loin encore sans doute. Remonter à la source du vent. Emporté dans la bourrasque comme un fétu de paille, du plus loin que je remonte, à la racine de ma vie, battu par les vagues énormes, mon cœur salé frais et vivant, chien de mer à la peau rude, je roule avec ma cousine Olivia sur le sable de Griffin Creek, enfermés tous deux dans un typhon qui se déchaîne, tandis qu'autour de nous la nuit claire respire sa douce respiration nocturne. Je jure que c'est le vent qui soulève ses jupes et les rabat sur ses jambes. Quelque part dans la tempête une sorte de gémissement intolérable. Ses jupes claquent, arrondies comme un cerceau, et moi je me fourre là-dedans comme un bourdon au cœur d'une pivoine. Elle se met bientôt à crier. Et le vent couvre son cri. Je réponds assez de la violence du vent pour crier à mon tour. Me fiant à la fureur du vent pour couvrir nos cris. On pourrait hurler là toute son âme déchaînée, lâcher tout son sang à gros bouillons que le vent soufflerait tout ça avec sa grosse voix triomphante, plus forte que tout. Accompagnement de vent à vous soulever de terre. Pépiements d'oiseaux à vous rendre sourd. Encore là personne n'est d'accord, alléguant que les oiseaux se taisent la nuit et

nichent dans les anfractuosités des rochers. Et moi, Stevens
Brown, vétéran de la Seconde Guerre mondiale, ayant fui
Queen Mary, réfugié dans ma petite chambre au Victoria,
sur la côte des Neiges, je jure que cette nuit-là les oiseaux
de mer se sont déployés en bandes tournoyantes, au-dessus
de trois corps couchés sur le sable de Griffin Creek. Leurs
cris perçants, gravés dans ma mémoire, me réveillent
chaque nuit, me changent en poissonnaille, étripée vivante,
sur les tables de vidage. Alors les cris d'Olivia dans tout ce
vacarme, tu penses bien qu'ils tombent comme des gouttes
d'eau dans la mer. L'abîme de la mer nous contient tous,
nous possède tous et nous résorbe à mesure, dans son grand
mouvement sonore. La mer à deux pas de nous, ses vagues
sauvages heurtant la paroi rocheuse, à deux pas de nous.
Des vagues de dix pieds de haut, des crêtes d'écume, des
éclaboussures de sel, tout un charroiement de varech, de
fucus de toutes sortes, des débris minables, polis comme
des bijoux. L'embrun salé jusque sur nos joues, à croire que
c'est des larmes. Il me semble qu'à un moment donné
Olivia s'est vraiment mise à pleurer, épuisée d'avoir crié
dans le vent. Aussi bien implorer le ciel immense et noir,
avec ses grands nuages passants, tandis que la lune brillante
et toute la Voie lactée chavirent à l'envers du monde, se
cachent comme le jour ayant terminé son cours. Le bruit de
ses jupes claque comme du linge étendu sur une corde. Je
n'ai jamais vu de ma vie un soir de vent pareil à celui-là.
Toute l'âme de la mer gronde et crépite sur le rivage, exhale
sa fureur sacrée, sa plainte sauvage. Le vent dévale sur la
grève, pareil à un troupeau de buffles au galop. Le vent sur
ma peau me fait frissonner, nuée de langues humides
s'abattant sur mon corps, le léchant, le chatouillant, le

faisant trembler de la tête aux pieds. Au plus tendre de moi, au plus doux, au plus fort de moi, une arme qui bande et cette conque marine et poissonneuse au milieu d'Olivia telle une vase profonde qu'il faut atteindre coûte que coûte. Tant de linge à franchir, le vent rabat ses jupes sur moi. M'enferme avec elle, au centre d'elle. Mourir ainsi au cœur de ce linge froissé, déchiré. Pénétrer au plus profond d'elle. Trop de vent. Trop de cris. Trop de linge aussi. Les filles que lèvent les vétérans sur la Sainte-Catherine ne portent qu'un jean, bien serré aux fesses, rien dessous. Il suffit de descendre la fermeture Eclair. Tandis qu'Olivia, le 31 août 1936, disparaît sous un barrage de linge et d'élastique qui ne facilite pas les choses, sans oublier ses poings et ses ongles qui me laborent les épaules et la poitrine. Le vrai problème c'est de l'immobiliser tout à fait. L'injurier en paix. L'appeler salope. La démasquer, elle, la fille trop belle et trop sage. A tant faire l'ange on... Lui faire avouer qu'elle est velue, sous sa culotte, comme une bête. Le défaut caché de sa belle personne solennelle, cette touffe noire et humide entre ses cuisses là où je fornique, comme chez les guidounes... Le fracas de mon sang s'apaise peu à peu, autour de nous la rumeur du monde se fait confuse, se retire sur la mer, tandis que monte le cri perçant d'Olivia. Le cri sous mes doigts, dans sa gorge. Vrai c'est trop facile. Déjà une fois tout à l'heure. Nora. La source du cri s'amenuise en un petit filet. Très vite Olivia rejoint Nora à mes pieds, sur le sable de Griffin Creek, là où les filles punies ne sont plus que de grandes pierres couchées.

Dans le silence qui suit je comprends tout de suite que le calme de la nuit, que la beauté de la nuit n'ont pas cessé d'exister pendant tout ce temps. Seul le grondement de ma rage a pu me faire croire le contraire. Je sais aussi que tout ça, calme et beauté vont continuer d'être à Griffin Creek, comme si de rien n'était.

La paix du monde sur la mer, son clapotis léger contre la barque, la lune blanche, tandis que j'emmène mes cousines au large, alourdies de pierres et de cordes. L'étonnement, rien que l'étonnement, s'enfonce dans ma poitrine, telle la lame d'un couteau. Me déchire lentement.

Peut-être n'auras-tu pas le courage de me lire jusqu'au bout ? Je le souhaite cependant car il faut que tu saches que je n'ai jamais aimé personne, même pas toi, old Mic, peut-être Perceval, cet autre moi-même. Je l'entends qui dit que je n'ai pu faire une chose pareille. Il frotte sa tête laineuse sur ma main, répète que je suis bon. Imposture et dérision. Que cet enfant m'accueille en Paradis. Amen.

P.S. Tu seras peut-être étonné, old Mic, si je te dis qu'aux assises de février 1937 j'ai été jugé et acquitté, mes aveux à McKenna ayant été rejetés par la cour et considérés comme extorqués et non conformes à la loi.

TABLE

Kamouraska

roman
prix des Libraires 1971
Seuil, 1970
et « Points », n° P345

Les Enfants du Sabbat

roman
Seuil, 1975
et « Points Roman », n° R117

Héloïse

roman
Seuil, 1980

Le Premier Jardin

roman
Seuil, 1988
Boréal, 2000
et « Points », n° P808

La Cage, *suivi de* L'Île de la Demoiselle

théâtre
Seuil /Boréal, 1990

Œuvres poétiques 1950-1990

Boréal compact, 1992

L'Enfant chargé de songes

roman
prix du Gouverneur général
Seuil, 1992
et « Points », n° P615